与巴金闲谈

姜德明 著

四川文艺出版社

图书在版编目（CIP）数据

与巴金闲谈 / 姜德明著. — 成都：四川文艺出版社, 2019.1
ISBN 978-7-5411-5198-9

Ⅰ.①与… Ⅱ.①姜… Ⅲ.①散文集—中国—当代②书信集—中国—当代 Ⅳ.①I267

中国版本图书馆CIP数据核字（2018）第240910号

YU BAJIN XIANTAN
与巴金闲谈
姜德明 著

策　　划	周立民　陈　武
责任编辑	邓　敏
责任校对	汪　平
装帧设计	孙豫苏
责任印制	唐　茵

出版发行	四川文艺出版社（成都市槐树街2号）
网　　址	www.scwys.com
电　　话	028-86259285（发行部）　028-86259303（编辑部）
传　　真	028-86259306
邮购地址	成都市槐树街2号四川文艺出版社邮购部　610031
印　　刷	天津兴湘印务有限公司
成品尺寸	130mm×205mm　1/32
印　　张	7.5　　　　　　　　　字　数　130千
版　　次	2019年1月第一版　　　印　次　2019年1月第一次印刷
书　　号	ISBN 978-7-5411-5198-9
定　　价	28.00元

版权所有·侵权必究。如有质量问题，请与出版社联系更换。028-86259301

目 录

小　引…………………………………… 001

第一场春雨………………………………… 005
又是一个春雨天…………………………… 009
安静的早晨………………………………… 013
春天，在上海……………………………… 018
夏日的访问………………………………… 021
冬天的印象………………………………… 027
一次盛会…………………………………… 030
在北京饭店………………………………… 032
秋日漫话…………………………………… 035
雨天谈书…………………………………… 044
病房问答…………………………………… 051
再访病房…………………………………… 059

西子湖畔	068
又访西子	077
巴金与《夜未央》	082
《茵梦湖》的版本	085
费新我画《家》	088
巴金不是"旅行家"	091
茅盾·巴金·《烽火》	095
《无题》及其他	100
《萧萧》与巴金佚简	103
巴金为冰心编书	106
批判巴金一例	109
可爱的小书	113
反法西斯的书	116
《书评研究》余话	122
巴金与曹禺的友情	124
"平明"书事	128
《家书》何罪？	132
《简·爱》跋语	137
关于徐成时	140
——致《点滴》编者周立民	
走近巴金	143
《十年一梦》增订本编后附记	147

巴金致姜德明书信

（1977.9—1992.3）

1. "不能像十一二年前那样熬夜了" ……… 151
2. "我的小说还是摆脱不了老调，又嫌长了些。" ……………………………… 153
3. "我的记忆力逐渐衰退，幸好感情未变，因此还想写小说，也想写散文。" ……… 155
4. "纪念朱洗的文章总有一天会完成的" … 157
5. "我打算写几篇散文，却一直没有时间动笔，我也着急啊！" ………………… 159
6. 关于"文学丛刊"等书籍的封面设计 … 161
7. "《创作回忆录》我还要写下去。" ……… 163
8. "我始终不知道我的文章给人大改了。" … 165
9. "您需要什么书，不妨告诉我……" …… 167
10. "现在写文章，只是想做个总结，算一笔账，教育后代。" ……………………… 169
11. "您喜欢书，我有些书送给您……" …… 171
12. 关于编辑《烽火》的事 ……………… 173
13. "创办一所'现代文学资料馆'，您感兴趣吗？" ……………………………… 175

14. "我们目前就需要创办一个这样的中国现代文学资料馆。" ……………… 177
15. "《序跋集》的设想是可行的。" ………… 179
16. "文学资料馆的事还需要大力鼓吹" …… 181
17. "目前就是写字吃力……" …………… 183
18. "我可以捐赠一部分书刊、资料和开办费。" ……………………………… 185
19. "关于茅公,我有许多话可写……" …… 187
20. "《序跋集》总算交了卷……" ………… 189
21. 关于文化生活出版社的商标 ………… 191
22. 关于发表《答井上靖先生》的事 …… 193
23. 关于选载《随想录》的事 …………… 195
24. 关于选载巴金书简的事 ……………… 197
25. "这封信也是我的心里话啊!" ………… 199
26. 关于选编《随想录》选集的事 ……… 201
27. "集子的名字就依你用《十年一梦》吧。" …………………………………… 203
28. "我的文章通过您能够同广大读者见面,我应当感谢您。" ………………… 205
29. "《十年一梦》稿费请代捐文学馆" …… 207
30. "打算下月初回成都看看,不是'游山玩水',不过是向故乡告别……" ……… 209
31. "我的译文也不见得高明,可能是借别

  人的酒杯盛自己的酒。"…………… 211
32. "谁也想不到，我买进自己写的书，一
  本一本地寄赠外地的朋友，会多么困
  难，多么吃力！"………………… 213
33. "我在和热浪搏斗，日子过得有意思。" 215
34. "我在上海几年脚不出户，能告诉我一
  点信息，或让我看到两本好书，您算
  是行了善。"……………………… 217
35. "……我去了一趟杭州，十八天，呼吸
  了新鲜空气……"………………… 219
36. "托尔斯泰晚年的痛苦我现在了解了。" 221
37. "我并不悲观，现在在料理应当做好的
  一件一件事情。"………………… 223

后　　记………………………………… 226
增订版附记……………………………… 228

小 引

第一次见到巴金先生是在1965年的夏天,那时他刚从上海到北京,要再次访问越南,住在东四的华侨饭店。

作为《人民日报》文艺副刊的编辑,我曾经同他通过信。在这以前我到过上海,却没有去拜访他,因为那时副刊经常与他联系的是夏景凡兄。他们在抗战时期的重庆就认识了,后来景凡兄调到《新疆日报》工作,我才同巴金先生开始联系。不用说,巴金的名字我在少年时代就已熟悉,并且非常爱读他的作品,可以说凡是当时我能找到的他的书,我都读过了。当年连沦陷区的国文课本上也选有他的散文,我当时就背诵过他在《海行杂记》里写的《繁星》,至

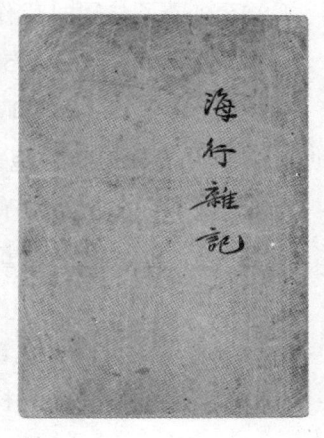

今还记得最喜欢的那一段是："我爱月夜，但我也爱星天……"，并幻想他在轮船甲板上的样子。

见面之后，我发现他比我想象的略胖些，年轻些。读过他的《激流三部曲》，后来又读了他的《第四病室》和《寒夜》，书中的一些人物总给我留下非常痛苦的印象。然而，他当时的兴致很高，计划要到越南去写东西，那时他已经在作家出版社出版了一本散文集《贤良桥畔》。他显得很有信心，身体也健康，这很快地就感染了我，我们谈得非常愉快。

当时谈了些什么，我没有记录。但是，记得清楚的是谈了书的事。巴金爱书，我也爱书。在这以前，为了书的事我们还通过信：一次是三联书店出版了一本旧俄出版家绥青写的回忆录《为书籍的一生》，我见到这本书以后立刻写信告诉了巴金。因为作者除了写他出书的故事，还记录了与同时代作家们的交往，我估计巴金会有兴趣；另一次大约是1958年吧，巴金写信给景凡兄，让他在北京替他找一本苏联人写的《19世纪俄国书籍插图史》。景凡兄知道我常跑书店和旧书摊，便委托我办这件事。我跑了好多次也没有完成任务。巴金对绥青的书果然有兴趣，他在信中说事前不知道叶冬心翻译的这本书，马上要去书店里找。

1963年，我们文艺部给报社出版社编了两本散文、报告集：一本是国内题材的，骆宾基等人写的《春天的报告》;一本是国际题材的,杨朔等人写的《赤道雪》。两本书都是我经办的,因与巴金商量,收了他访问日本的散文《倾吐不尽的感情》,他还赠我一册百花文艺出版社印的同名的这本书。有趣的是,他的毛笔签名错题在封三前的空白页上,可见他当时相当匆忙。

这次见面,我们谈到抗战后,他与茅盾合编的文艺刊物《呐喊》和《烽火》。他对这两个小刊物有感情,可惜手头连一本也没有保存下来。我说我只保存了几本上海时期的刊物,广州时期的《烽火》一本也没见过。巴金说,有一个陌生人曾经给他写过一封信,说是藏有广州时期的《烽火》,有意出让,但索价奇昂,他考虑了一下,不愿满足那个人的私欲,放弃了这个机会。这件小事也表现出巴金的性格。

当然,我们谈了他到越南旅行的事,希望他给我们的文艺副刊写稿。

到了1965年10月下旬,巴金才从越南回来。

第二年的夏天,可怕的"文革"来了。

再次见到他已是1978年3月。

第一场春雨

巴金到北京来了。

人们都想见他。相识者都兴奋地互相传达着见到了他的消息。这是巴金先生在粉碎"四人帮"以后第一次来北京,距他前次到北京已经相距十三个年头了。

他住在虎坊路的前门饭店,是开完了政协会特别留下来小住的。他想念北京,也想看看北京的朋友。

正是春寒时节。这天上午的天气有些阴沉,好像要下雪的样子。

按照事先约好的时间,我们找到了他住的房间,轻轻地敲门,激动地等待着重逢的时刻。屋里只有巴老的女儿小林在,她很意外地问我们:"爸爸下楼去接你们了,怎么,没在大门口碰上吗?"

很可能是在坐电梯时错过去了,我们赶快跑下楼去找他。我在想,他何必下楼去迎客。

果然，在一楼电梯门前站着一位白发老人，正是巴金，他显得瘦了。我紧紧地握住他的手，感到他说话不如先前利落，不过很多巴金的老朋友都说，巴金年轻时就不善于讲话。

我发现他眼里带着血丝，他回答："这几天眼睛有点充血，不要紧，快好了。"显然这是由于连续开会和不断地接待朋友累的。

我们在北京早就听说过，他在干校时，虽然被打成"反革命"，可一顿还能吃三碗米饭。他笑着说："那时候吃的是不少，不过不一定是每顿饭都吃三碗，干累活儿就吃得多些。这是朋友们听说我身体还好便高兴这么说。"

讲到"文革"，他说简直像做了一场噩梦。1966年6月，他还同刘白羽陪着亚非作家在武汉见到了毛主席，一回到上海马上就被揪出来批斗了。他这时才切身体会到昨天还是座上客，今天就成为阶下囚的滋味。"最初我还是有些怕的，也想认真作检查，可是时间长了也就没有什么了，因为这样并不能触及灵魂，只是胡闹而已。于是我就找机会读外文，那时没有别的外文书，我就读英文版的毛主席语录，还有德文版的，甚至在大型批判会上，造反派们在会上念他们的批判稿，我就在下面低着头背诵法文……回到家里也没法看书，所有的书都给封起来了。这样也好，事后倒没有太大的损失。"

他平静得好像在讲别人的事情。

他似乎不愿讲起萧珊的事,还是小林跟我们说,北京的红卫兵到上海来造反,他们用皮带抽打妈妈,妈妈的半边脸立时青肿起来……

小林长得清秀,今年已经32岁了,现在还在杭州工作。她是接到爸爸的电报特地赶来的。巴金望着女儿说:"你们北京内部电影多,小孩子爱看电影,她来了就向人打听又有什么电影了。"也许他有意想打断女儿再讲妈妈的事。一提萧珊,他痛苦,也怕朋友们伤心。

他又讲起读英文的事。

"工宣队听到我自言自语地念英文,他们马上喝止我,质问我在看什么书,我把书递过去,他们并不认识英文,一看封面是红的,也就不再说什么了。"

我们陪巴金父女到晋阳饭店去吃午饭,路不太远,大家边走边说,巴金穿上了大衣。路上我挽着他,问起当年靳以在北平编《文学季刊》,他在靳以那里怎样第一个发现了曹禺的《雷雨》原稿。巴金说:"还不能那么讲。事实上我到北平以后,靳以就告诉我有这么一个剧本了,他原来也想发表的,但他同曹禺太熟,想让我看一看。我一看就觉得非常好,就这样在《文学季刊》上发表了。"我谈起已故女作家罗淑,非常惋惜她生前写得太少了。巴金说他手头好像还保存有罗淑的几封信,应该有个单位来搜集这些东西,包括别的作家的资料,都应放在一起,好让人们来研究。我说可以考虑把原稿先在报刊上发表,巴金以为:"那倒不一定,只要有人管起来就好。"

吃饭的时候,他只喝了一小杯"五粮液",却很爱吃冷盘里的糖粘核桃仁。我们相告,这晋阳饭店的旧址就是纪晓岚的阅微草堂,还要请他们父女尝尝这个店的风味食品——山西刀削面。

我跟他讲,在台湾的老作家孙陵出版过一本《文坛交游录》,其中写到了巴金,还全文引录了巴金在抗战胜利后写给孙陵的一封信。巴金说他很想看看这本书,我答应很快就把书挂号寄到上海去。

席间景凡兄问起我女儿考上北京大学的事,我说念的是哲学系,景凡兄说女孩子学什么哲学!巴金说:"上大学总比不上要好,先上了再说么。"

走出饭店的大门,天上飘起湿润的雪花,不过很快又变成蒙蒙的雨丝。应该说这是今年的第一场春雪。

1978 年 3 月 15 日

又是一个春雨天

巴老这次住在东城金鱼胡同的和平宾馆。

今天中午,我们就近请他在东安市场的东来顺吃涮羊肉。

这一次,小林也来了。

还像上次,巴老在大厅的门口迎候我们。恰好陈白尘同志从南京来,也住在这里,正要出门,彼此匆匆讲了几句。

巴老领我们上楼。

小林新烫了头发,是为陪同父亲出访法国做的准备,显得分外精神。她还有点不好意思说,也许以后时兴烫发就好了。

这天正赶上春雨绵绵。

我告诉巴老,外面起了风,雨也大了一点,再加上一件衣服吧。他照办了,头上戴的那顶布帽子却显得小了点,看上去像顶在头上一样,有点好笑。

路不远，我撑着一把雨伞扶着他走。

巴老对东来顺饭馆是熟悉的，一家老字号了。他说他很喜欢到这家饭馆来吃饭，因为这可以使他想起几位已故的老朋友。

抗战以前，靳以、郑振铎在北平编《文学季刊》，巴金从上海来了就住在靳以住的北海三座门的那个小院。大家总要请他在东来顺吃一回涮羊肉。

还有老舍先生，"文革"前只要巴金来北京，他同胡絜青少不了要请巴金到东来顺吃便饭。

友情活在巴金的心头，他忘不了这些往事。

席间有一盘菜叫"羊尾巴"，光听这名字便把小林吓坏了，一再声明不要吃，可是端上来一看，只是取其形似而已，实际像奶油炸糕，浅黄的颜色很诱人，她犹疑了。巴老慈祥地笑着，给女儿夹到盘子里，瞧着女儿吃下，作父亲的高兴了。有人问小林的英文程度如何，还没等女儿回答，巴老说："小孩子，不知道好好学。"小林不语。好一对相依为命的父女。

现在读者都期望着巴金的新作，希望经常能看到他的文章。我问他现在一天可以写多少字，甚至问起他当年最多可以写多少。他回答："现在一天最多能写一千字，年轻时，我一天可以写五千多字。现在写字手发抖，字也越写越小，一边要创作，一边还要翻译，写的也不一定都能发表，反正还得写。"

谈到巴金主持的上海文化生活出版社，曾经为萧红印了好几本书——《商市街》《桥》《牛车上》。巴金说：

"萧红的《商市街》是鲁迅先生介绍给我出版的，以后我同萧红认识了，又陆续给她出版了两本书。"

我又问他，抗战开始以后，他同茅盾合编的《烽火》，为什么后来茅盾不编，只作了发行人。巴金说，在广州出版《烽火》的时候，茅盾去了香港，因此就由巴金一个人来编。

"当时办理杂志登记时，需要有个发行人，我便找茅盾要了一张照片，由他当发行人，我当主编。我编刊物还是跟茅盾学的，因为他有经验，版式也画得很工整。"

酒，巴金仅仅喝了一小杯，由此又谈起了酒。巴金说日本讲究喝酒，也很讲礼仪，往往要花很多时间才能吃完一顿饭；在法国倒是很随便的，吃饭时也没有那么多礼仪。谈起他就要去访问法国，他说离开那里已经五十多年了，不知变化成什么样了，有些地方还是很值得怀念的。

我们讲起香港作家的写作速度，巴老说，香港作家一般都写得很多、很快，有的一天可以写八千字，这在他是绝对不可能的。因为在香港光靠写稿来维持生活比较困难，只有多写才能活得下去，正因为这样，即使稍有名气的作家，有时文章也会显得内容有点重复，也许这是难以避免的吧。

我们还谈及上海文艺界的一些琐事,特别是涉及一些人际关系的不正常现象,大家兴致无多,巴金谈的更少,但是他还是无限感慨地说,过去人们都讲究谦虚,"文革"以后有的人就不讲这些了,所以事情也不怎么好办了。

饭后,雨还不停,风却小了。我撑着伞送他回宾馆。

雨水洗刷了金鱼胡同,街灯的光影铺在路面上,给这雨中的夜景营造了几许迷幻的氛围。路上我们又谈起文学书刊插图的事,也许是我向他有所请教,只记得他在强调:"文学书刊有插图固然好,但千万不要硬凑。"

告别前他跟我说:"这次要在飞机上坐十几个小时了。"

一路顺风吧,巴老!

1979 年 4 月 12 日

安静的早晨

距上次见到巴老又有一年多了。

这一次他去瑞典出席了第 65 届国际世界语大会，人们都知道，巴金从青年时代就是一位世界语运动的支持者，他的有些翻译作品就是根据世界语本译出的。小林一路同行，为了照顾父亲，他们是昨天下午三时刚从国外飞回北京的。

清早，我便赶到西郊的国务院第一招待所。大院里往来的汽车不多，似乎这几天没有开什么大会，这是一个少有的安静的早晨。

小林说，这次出国，父亲从上海一到北京就发烧，感冒了，真不知该怎么办才好。可是父亲说，还是走吧。到了瑞典，大使馆的同志们给找来医生看过了，吃了点药，就这样支撑着，直到回来，现在反而好了。

"多亏了你一路照应他呀，小林。"我回答。

巴老说，回来的时候在贝尔格莱德住了一夜，瑞典和南斯拉夫的气候都不热,一切还好。

从他们现在下榻的这个招待所的条件,我转而讲到有些涉外饭店专门对外国人和华侨敲竹杠,这种社会风气很不好。巴金说:

"这太不应该了,对华侨更不应该。其实来旅游的外国人也不容易,并不都是富翁。他们存了好久的钱才来一趟中国,我们不应该这样对待人家。这次我们在贝尔格莱德,都凌晨两点了又临时退了几个房间,只留了一间存放行李,人家并没向我们敲竹杠。当然,也有点不太高兴,说我们应该早点提出来。"

我说接到巴老寄赠给我的香港出版的《随想录》,精装的小册子,印得又快又好,不知内地版什么时候才能出来?

巴金说:"原来讲的是5月出书,当时是作为急件发稿的,结果现在是8月中旬了还没有见到书。"

我说我们印的书,什么时候能赶上国外的技术水平就好了。巴金说:

"现在的书都运到县里的农村小厂去装订,技术水平不高,包括我们的设计、装帧水平,同世界水平相比还有距离;再就是太慢,当年我们办文化生活出版社时也没有自己的印刷工厂,半个月就可以出一本书。那时有的书稿是靳以看过交给我的,反正大部分稿子在发表时我也都看过了,也用不着像现在似的二审、三审,所以办一个出版社也就用不着那么多人了,我还兼作校对。当然,现在的情况不一样,那时候写东西的人不多,书也少,包括北新书局和上海杂志出版公司也都没有自己的工厂,但还是出了不少好书。"

说到靳以,我顺便问他战前在北平出版的文艺杂志《水星》,靳以参加编写了吗,他说主要是卞之琳编。他们编《水星》的时候,他正在日本。巴金问我,当年《水星》还发行过合订本,你见过吗,我回答没有见过。又说,抗战期间靳以编的《文丛》也有合订本,那时由雨田负责排版,她嫌麻烦,把稿子硬往一处挤,结果合订本同单行本的版式不一样,不知你注意到了吗。我说没有注意,这倒是出版史上的掌故了。我非常赞赏抗战前巴老同靳以合编的《文丛》,连书刊广告也印得非常漂亮,有文艺气息。抗战期间的《文丛》改成16开本了,一般很难见到。

我又讲起海外印行的《中国新文学大系续编》,巴老说他看到了,他认为"小说二集"编者在导言中,对他的《灭亡》中的人物分析很不准确,他也许要写文章加以申明。他笑着说,过去对自己的作品只有检讨的份儿,这一次可以为自己辩护一下了。

说起他的小说,我说开明书店给他印的几种书,开本为什么都那么小。他说:

"那都是钱君匋设计的,可以说是袖珍本。我很喜欢他的设计。我自己保存的袖珍本原来都有,历年出的各种版本我都留了一种,'文革'中还是有些损失,现在想法补,很难了。"他现在还保存了十来种自己的精装小书。最大的损失,是他大哥写给他的信,足有上百封,已经全部烧毁。巴老沉默了,我更无言相劝。

我讲到他写的怀念作家黎烈文的那篇散文很有影响力,巴老告诉我:"黎烈文的儿子到中国来过,是学化学的,以后还要回来。雨田跟黎烈文生了一男一女,现在住在美国,说是我写的文章她都看到了。看到了就好。"我想把巴金写的怀念黎烈文的文章在副刊上发表,他说已经被郭风他们拿去了,因为他们说黎烈文抗战期间在福建永安办改进出版社时,还是有一定影响力的。

巴金又讲起建立文学馆的事。他说:

"原来我也想过,是不是由作家们出一点稿费支持一下,这也是作家们都很关心的事,后来周扬同志说,还是由公家来办吧。"巴老以为只要有了房子就好办了,馆内的书刊杂志,谁若需要的话,出一点手续费就好了。他又说,有个朋友准备写文章要为文学馆呼吁了,让我也考虑写文章。我说我可以请老作家们来呼吁,我就不写了。我建议巴老还可以再写有关文学馆的文章,他说我现在欠外面的文债太多了。"还欠我们的呢!"我说。"你们的就不还了。"巴老笑了。

我劝巴老这次在北京多休息几天,还可以到北戴河去玩玩。他说1960年他们全家到过北戴河,那里也没有什么好玩的。

巴老又送我到大楼外,我请他留步。他在门前跟我说,下次人代会可能重要一点,他可能来参加,小组会就不一定参加了。开完了会,可能还要参加文联的会。

1980 年 8 月 15 日

春天,在上海

若是在北京,五一节前毛衣还是脱不掉的,可是在上海,春已深了。

走在寂静的住宅区武康路上,浑身暖洋洋的,人也显得轻快、活跃了。

敲开巴老家的铁门,想不到柯灵先生在,原来中央电视台今天下午来拍记录巴金生活的电视片,他是来作临时演员的。作为常来串门的上海友人,现在黄裳也闯来了,巴老干脆把他也拉入镜头。电视片主要拍巴金坐在客厅里,正同来访的朋友聊天。巴老也约我,我推辞了。

我还是第一次看拍电视片,虽是旁观却不无兴趣。

只要镜头一停下来,巴老唯恐怠慢了北方来客,不时凑过来与我交谈。

柯灵也是,他也凑上来参加漫谈,还一再让我多写一点类似怀念茅盾那样的散文,称赞我不久前在上海

《文汇报》发表的那篇写茅公的文章很有感情，提出了不要无端地去打扰老作家们的写作的建议，非常及时。前辈作家的谦虚待人，对后辈的热情鼓励，害得我一时不知说什么才好。

电视导演还要拍巴金每天早晨在院子里散步或跑步的镜头。巴老同我一起站在院内的草坪上，一边同我交谈，一边等待导演和摄影师的安排。他确实每天早晨都要围着院子小跑几圈，有时候还带着小外孙女一起慢跑。他以幽默的口吻跟我说：

"现在是弄虚作假，都已经下午四点多钟了，还拍什么清早锻炼身体的镜头。"

我也报之以幽默，用四川口音回答：

"要得么！"

他连连低语："要得，要得！"

正式开拍，他已经抱起双拳小跑几步了，忽然停下来，放下拳头说："不行，不行，早晨哪有穿着皮鞋跑步的，要换，要换。"小林赶快跑去，替他拿来一双球鞋换上。

最后又拍了巴金送客人的镜头，一直送柯灵、黄裳到铁门前，巴老多年养成送客人到门前的习惯，真使来访的朋友如沐春风；可是今天，眼看着铁门关上以后，柯灵、黄裳重又进来，并跟我与巴金一起回到了客厅，拍电视难免不作假。

我们一起谈了片刻，巴老还问起北京的几位朋友。好像这一次我们谈到丰子恺先生，巴老说他在干校的时候，有一次开批判丰子恺的大会，丰先生不在场，是一次缺席审判，真怪。

巴老没有忘记送给我一本他的书，是香港昭明出版社出版的《巴金选集》。他在扉页上签了名，还题了日期。

我还受一位北京木刻青年之托，带来了那青年刻的巴金木刻像两张：一张送给巴金，一张请巴金签名后带回北京留念。老人欣然从命。

辞别出来的时候，巴老照例送我们到铁门前。握别之际，他风趣地说：

"这回是真的送客人了，可是拍电视片的却不见了。"

1981 年 4 月 27 日

夏日的访问

这几天黄宗江兄也在上海,是为了给电影厂写电影剧本《秋瑾》的。

他听黄裳说我要去看巴金,也一起来了。

绿色的铁门轻轻地打开,我们看到巴老正站在屋前的台阶上迎候我们。同他握手的时候,他讲的头一句话是:"我病了!"

"不是听说已经好了吗?"我说。

"背上动了个小手术,割掉了一个小疮,可是体力感到有点不支。"我们走进客厅,他坐在一只高背藤椅上。

"您坐在沙发上吧。"宗江说。

"坐下容易,起来困难。这个好,这个好。"巴老说。

宗江兄已经多年不见巴老了,他郑重其事地表示压在他心头十几年的一件事,今天应该当面告诉巴老了。那是有关一位越南作家送给巴金书的事,对方委托他告诉巴老,可他还没来得及转告就发生了"文化大革命",

因此多年来他老惦记着这件事。可是他刚说了几句,巴金肯定地跟他说:"你忘了,当年你曾经转告过我了,你那时刚从越南回来。"宗江兄惊愕地叫道:"是么?巴老的记忆力超过了我。甘拜下风,甘拜下风。"

巴老问我:"这次来上海,你去过旧书店了?"

我回答去过了,并且在淮海路的旧书店还碰到了施蛰存先生。我挑的书中有一本戴望舒翻译的,施先生要求我转让给他,我当然转让不误。他与望舒是老朋友了。我挑的书不多,值得一提的有小默的《欧游漫忆》和叶永蓁的《浮生集》,都是生活书店印的软面精装小开本。巴金当然知道小默即刘思慕的笔名,也知道叶永蓁是鲁迅先生为之作序的《小小十年》的作者。还有一本是马子华的诗集《坍塌的古城》,1934年春蚕社印行,全黑的封面,印制得相当讲究。巴金说马子华是周而复的好朋友,当年他们在上海一起编一家报纸的副刊。周而复也同样出版了一本黑封面的诗集,可能是《夜行集》吧。

巴老是一位真正的藏书家。他谦虚,自己不愿多谈,也很少写购书、藏书的事。如果他谈谈自己藏书的经过,以及当年在成都、上海,甚至在法国、日本买书、看书的故事,一定非常有趣。

由书我谈到目前的出版物,有的装帧、设计水平还不如30年代,似乎做不到当年那么精美了。巴金不同意我的看法,他很明确地说:

"不是做不到,是不做。"

联想到上海文化生活出版社的书,装帧朴素典雅,"文学丛刊""译文丛刊""文学小丛刊"等都给人一种宁静、隽永的文化氛围,使人爱不释手。我问巴金,为什么那些书开本不大,页码不多,还有,是谁设计了这些书的封面,风格那么统一。

看得出巴金对出版工作还是很有感情的,他似乎很乐于回答这些问题。他说:

"有的书开本小、页码薄,没有别的什么考虑,只是想赶快印,赶快出来,也许这样可以给更多的作者多印一点书。"他没有使用"培养青年作家"或"扩大作家队伍"这类辉煌的字眼,但我觉得结果正是如此。

至于封面设计的问题,他解释道:

"文化生活出版社出的书,大体都是由我设计的。我不靠别的,就靠多年前手头保存的一两本《俄罗斯的图案装饰集》。那书里有很多装饰花纹图案,我从那里挑选一些,然后稍加变化就行了。"讲这些话时巴金并没有扬扬自得,也不乱加评语,一如他的文风质朴无华。

孤岛时期文化生活出版社出版的刊物《少年读物》,那是已故散文作家陆蠡编的一份综合性的杂志。我觉得它不限于少年读者,连成人也喜欢看,除了自然科学以外,文艺占了很大的篇幅,编排设计和插图也很美。巴金说:

"我看第一卷要好一些,第二卷是朱洗编的,我也编过一两期。"第一卷只出了六期,第二卷是抗战胜利以后复刊的。可惜我当时忘了问巴老他编的是哪一两期。

巴老以为我藏的现代文学书刊不少,因问:"你的藏书不少了吧?比唐弢的怎样?他的书可真多!"我连忙声明,我可不敢跟唐先生比,是小巫见大巫了。

"我最关心的还是现代文学馆的事,你们听到什么新的消息了吗?是否已经开始征集资料了?"巴金等着我回答,一旁的宗江兄也两眼盯着我,我只好如实地回答:"不太清楚,好像还没有公开征集吧。"

巴老冲我开了个玩笑:"你可不要害怕,先不征集你的。"大家也笑了。趁着笑声未止,他又说:"听说北京的文坛上有个什么'五寡妇闹中华'的说法,很出名了。"听那口气,他似乎不以为然。他非常关心中青年作家的成长,更欣赏一些有才华的女作家。我发现他不仅知道青年作家们的名字,而且读了他(她)们的不少新作,这使我很惭愧。

我同巴老谈到卞之琳先生的近况,说到卞先生找我借去他编的全套《水星》,写了回忆文章。我说我很喜欢《水星》。

"是很好,这个刊物给人的印象很深,我也常给它写文章。记得天津的南开中学也代卖过《水星》,是由我的三哥李尧林帮助推销的,那时他在南开教书。学生们也喜欢这个刊物,买这个刊物的人不少。"巴金说。

巴老到楼上取来一本旧藏的周作人的书——《药味集》,这是黄裳藏书中缺少的一本。黄裳接过这书很高兴,待他翻开书一看立刻说:"这是我的书么!还有我的签名,连周作人当年在南京老虎桥监狱给我写的这首钢笔字的诗亦在。"那时他作为上海《文汇报》驻南京的记者,专门去采访了坐牢的周作人。这真让人意外,连巴老也感到太巧了。巴老回忆,大概是1964年前后,他让上海旧书店为他找一些周作人在敌伪时期出版的书,结果送来了一捆,被他放在一个角落里,因为忙始终也没有打开过。不久"文革"开始了,这些书就封存在楼上。好了,现在真正物归原主了。至于黄裳的书何以流落到书肆,那是可以理解的。1957年他交了华盖运,生活困难,他何止是卖书换粮,连心爱的砚台也拿去易米了。黄裳翻着这本失而复得的书,我想他可以为此写篇书话了。

宗江问起巴老的起居,巴金说:

"我现在写字更困难了,手抖得厉害,一天只能写几百个字,但是还得练,还要写。"接着他说,不久以前他到杭州休息了几天,在那里看了林彪住的地方,完全是封建社会的那一套,房子大得可怕,住起来怕未必舒服。

我问巴老,每天晚上还看电视吗,他说看。除了新闻联播以外,上海台播放的日本电视连续剧《姿三四郎》，他都按时看了。他在《随想录》里写过电视剧的节奏问题，我跟巴老说我不太喜欢节奏太慢的电视剧，巴老表示，节奏太慢了，观众就没有兴致了。

我同二位黄兄，每人都得到一本四川人民出版社刚出版的巴老新著《探索与回忆》，照例主人在每本书上都签了名，写了日期。

巴老送我们到大门口，当我转过身来同他握别时，我才发现巴老院子里种的花开得那么多，那么好。

1982年6月18日

冬天的印象

冬天来上海出差,实在受罪。房间里没有暖气,冻得人伸不出手来,只好倒一杯开水握在手中。但,很快杯子里的水就凉了。于是再换一杯热的……

今天下午却是个好天气,街上的太阳暖和和的。

进了巴老家,吴强同志正坐在客厅里,稍后便走了。

巴金只穿了一件厚毛衣,精神很好,这还是他骨折住院治疗以后我第一次见到他。1982年10月我又到过上海,考虑到三个多月以前我刚去看过他,不想再打扰了,就在离开上海前的旅舍里给巴老写了一封信。想不到我回到北京以后,他紧跟着就住院了。

巴老的妹妹过来嘱咐他该吃药了,他很认真地回答:"我全喝光了。"

说到开会成风而屡禁不止,巴老承认过去不论开什么会,只要通知他,他是每会必到的,而且是自觉地去参加。现在就很少参加了,身体也吃不消,连作家协会第四次代表大会恐怕也不能去参加。也许政协开会的时候争取去一趟,当然也得看身体情况。

他还担心,到了北京不去看一看老朋友也是不应该的。他说叶圣陶先生是不是开会太多了,在电视里看到叶先生还去参加追悼会,在那儿要站好久,这对老人来说太困难了。

这一次,我特别把十卷本的《巴金选集》第一卷带来,请他在上面补了签名。因为当初出书之际他正住在医院里,便请出版社把书直接寄赠给朋友们。很多同志已经请他补签了名,我怕往返邮寄,容易污损书籍,一直没有办这件事。

很自然地我们又谈起了现代文学馆,这是他近几年最挂心的事。他主张目前不必急于开展研究工作,主要应进行三项基本任务:一是积极搜集资料,像旧的书刊和原稿、书信、照片,要尽快地征集起来,太迟了征集更难;二是要整理资料,建立科学的档案和管理方法;三是向社会提供资料。至于研究工作,社会上能够研究现代文学的人还是有的,各大学的文科和各地的研究单位都有这样的人才。

当我讲到香港的冯平山图书馆过去收藏了不少现代文学资料,不知怎么说走了嘴,把冯平山说成《家》里的冯老太爷"冯乐山"了。巴金笑了,几乎笑出了声,真开心。

巴金很诚恳地对我说："你为建立现代文学馆也出了力，应该感谢你。"

我连忙打断了巴老的鼓励，实在不敢当。

巴老又批评我为编者之一的"万叶散文丛刊"出版周期太长了，慢得出奇。我表示百分之百地接受这批评。（这个丛刊出版三期，换了三家出版社，真是苦不堪言。）

时近黄昏，天气突变，外面又刮起了风。巴老走路还是不太方便，仍然要下台阶送我到大门口，我坚持请他止步，他却说这是多年的老规矩了，最后还是巴老的妹妹从旁劝阻，说他只穿了一件毛衣怎么能到院子里去呢，他才不敢动了。

黄裳说，你这么做，不愧是文明礼貌月的积极分子了！

他站在屋门口的台阶上，扬着手目送我们。关上铁门，老人的音容笑貌还留在我的脑海里。

这天夜里，上海下了一阵雨，而且是夹着冷风的大雨。

1984 年 12 月 8 日

一次盛会

上午9时,坐落在西郊万寿寺的中国现代文学馆终于正式开幕了。

正如眼前的季节一样,这在文化界也是个"春"消息。

路上我们碰到从武汉来的徐迟同志,他是来开人民代表大会的,一个人正步行在去万寿寺的途中,我们请他挤上车来。

巴老已经几年不到北京了,这次前来参加政协会议,恰好赶上文学馆开幕。这是他倡议兴办的事业,并为此出了大力,当然要来参加开幕式。

夏衍同志来了,我跟着他拥进了接待室。接待室里灯光闪烁,巴金被摄像师们紧紧地围住,我不但不能同他打招呼,而且挤不进去。我很快地退了出来。

院子里也挤满了人。林林同志给我看他保存的一本屠格涅夫的《前夜》,丽尼翻译,在文化生活出版社由巴金印行的，是初版本，而且是译者自存的校正本，几乎每页上都有丽尼用钢笔改动的字迹。林林说，丽尼是巴金的朋友，他今天把这本藏书带给巴老过目，然后送给现代文学馆。这是他在琉璃厂买来的。

我在二道院的门口，正好看到巴金坐在手扶车上朝这边过来。他见到我，轻轻地唤着我的名字："你也来了。"我向前问候，他回答："还不是那样子。"人们又把他拥进了会议室，接着就宣布开会和讲话，这些在新闻报道里人们都已经看到了。

舒乙宣布开会，他最近调到文学馆来。

茅公的儿子韦韬也来了，他跟我说，明天茅盾故居正式开放，我表示明天一定去。第二天我去了，重见了茅公的书房和卧室，还碰到不少熟人。夏公也到了，这同样是件喜事。

我在文学馆参观了图书室和资料库，只能说是初具规模吧，距离一个完备的文学资料馆的要求尚远。前年我在东京参观过日本的现代文学馆，进了书库，从管理的科学化，设备的现代化来看，一时我们还比不上。但是，如果不是巴金近年来的积极倡议，肯定连今天这样规模的文学馆也不会有。我们怎能不对老人表示感激呢！

这样的盛会实在令人难忘。

1985 年 3 月 26 日

在北京饭店

下午3时,我到北京饭店去看巴金。

一进房间,发现黎丁同志早已在座,见了面他还是大谈特谈参加冬泳的成绩。

小林显得更加干练、成熟了。

巴老这次连续开会,又赶上文学馆开幕,真担心他身体会吃不消,而且想见他的人又那么多,也很难阻止。他还要去看望冰心、叶圣陶、沈从文先生,巴老说看朋友是件高兴的事,不累。巴老说这一次就不参加朋友们的请客吃饭了,因为腿不方便,而北京饭店照顾得也挺好,每顿饭都送到房间里来,连涮羊肉也吃上了。

我们一起议论当年黎丁在桂林办了个皮包出版社,是个真正的单干户,出了好几本文艺书。联系目前出版界的现状,巴金说:

"很怪,有许多事早已绝迹的,现在又出现了。当年在上海也是严肃的纯文艺书刊不吃香,没有人肯印。我们针对这种情况就办了文化生活出版社，专门印严肃的文艺书籍，结果并不赔钱么，事业还是发展了。那时一本书的印数也不多，有的一版只印一两千册并不赔钱。为什么现在严肃的文艺书又不吃香了，为什么大家都不肯印？"

他说前几年各地的出版社还争着印一些老作家的选集或文集，最近有一位作家朋友编好了一部书稿送出去，结果人家给退回来，理由是不要旧作，要新作。其实新作若不能赚钱恐怕也得退回来。

我说目前有的出版社靠卖书号赚钱，随便让人利用出版社的名义出坏书，然后按比例提成。如果巴老还保留着文化生活出版社或平明出版社的书号，现在可就发大财了。他笑了，苦笑而已。

丽尼的《前夜》自校本，他已经见到。小林把书交给了文学馆。巴金讲，有人保存了作家的原稿，想索取一笔高报酬。又是为钱！

我问小林，晚上巴老看电视吗。小林说，看，这几天看了英国电视连续剧《福尔摩斯》。巴老插话说："昨天看的那部《驼背人》不精彩，没有什么推理。"这说明巴金不仅在家中常看电视，就是在旅舍也有兴趣。

黎丁准备告辞了，我也要走，巴老还是要送我们。我们劝止不住，他说："反正我也不能整天坐着，让我也锻炼一下么。"

走到廊内拐弯的地方,我见他远远地冲我们扬手。

出了北京饭店,天快黑了。满街车如流水,行人擦肩。我跟黎丁说:"老兄,快走吧。正赶上下班,挤公共汽车的高峰时间到了。"

1985 年 3 月 29 日

秋日漫话

这天，决定上午去看巴金。

秋日的阳光柔和而明朗，武康路如此安静。怎么巴老家的铁门开着？

院内摆着几件大件家具，原来房内地板正在打蜡，工人们进进出出，连大门也没有关。我小心地踩着刚刚打过蜡的地板进入了客厅，巴老正浴着阳光翻看《羊城晚报》，面前有一张小木几。我的脚步很轻，他没有发现有人进来，直到我站在他跟前了，他才抬起头来。

我问候他，他还是那句老话："就是那样。"他扶杖而起，引我坐在沙发上。他让我坐在他的左首，这是为了听话方便，因为他的右耳听力较差。他说：

"老是听到有蝉鸣，一直在叫，连冬天也听到有蝉鸣，可是冬天怎么会有蝉叫呢？原来是耳朵出了毛病，现在还是这样。"

我再问他的起居，他说：

"胃口还可以。早晨七点钟下楼,吃早点。吃完早点就在晒台里看看报,有时累了就在躺椅上休息一会儿。"说着他顺手指了指身旁的一张藤躺椅。

"所以你上午来也可以的,反正我也没有什么事。"

巴老问我这次来上海买旧书了没有。

我说去过旧书店,买了一些。他竟然也知道上海书店在外滩有个仓库要腾地方,清理出一批旧书,可见他仍关心书的消息。他无可奈何地跟我说,现在他是不能到书店去买书了,但对目前书店里大锅饭似的卖书方式有看法。过去的旧书店卖书是要看对象的,知道你喜欢什么书,需要什么书,他可以给你留着,专门卖给你,这样可以物尽其用。

我随身带来一本这次刚买到的精装本,丽尼译的屠格涅夫小说《贵族之家》,1937年2月由文化生活出版社出版的。道林纸印,蓝色封皮上有烫金的书名和屠格涅夫的签名,相当精美。巴老看着书说:

"这种精装本只印了两种,还有一本是屠格涅夫的《罗亭》,陆蠡译的。包括《贵族之家》都是黄源编的'译文丛书'当中的一种,也是'屠格涅夫选集'的头一种。我还给这套选集写了书刊广告。"

说到书刊广告,巴金为文化生活出版社的书写了不少精彩的广告,都是优美的散文。广告文字的语言精练,观点鲜明,非大手笔莫办,我们久已不见这种文风了。

可惜在巴金的文集中从来没有收入过，后来，我终于征得巴老的同意，让这些文字公开与世人重新见面了。

请看巴金为丽尼译的《贵族之家》所写的广告：

> 《贵族之家》是作者最完美的杰作。诚实、坦白的拉夫列茨基已经不能满足于罗亭的闲荡的生活。他投身在实际的活动里面，但他也不能在新的生活潮流中找着进路，而得到破灭的结局。他所爱的丽莎成了一般温柔、善良的俄国少女的最优美的典型。艺术的完整，人物描写的精致，与夫横贯全书的哀愁与诗的调子使这小说成了一件最优美的艺术作品。

读了这样的文字，我们会联想起鲁迅先生当年写的那些书刊广告。前辈作家们在文化出版工作中的贡献是非凡的，相对来说我们做的事情不是太少了吗！

我没有想到巴金除了给丽尼，还给陆蠡、曹禺、高植等人的译作写了广告。这既表现了他对文学事业的责任感，也表现出他对朋友们的热情。

我吃惊于巴老的记忆力之好，当我问到当年的《屠格涅夫选集》何以只印了两种精装本，他马上回答："印了两种，抗战开始，也就没办法再印了。"

我拿出《贵族之家》书中原有的两张小卡片，一是书中人物简介，一是人物表。这是经历了半个世纪的风雨幸存的两张小纸片，颜色发黄变旧了，但那装饰花纹很美，可以想象当年的鲜丽喜人。我特意带来请巴老过目的，顺便向巴老请教，这种附印小卡片的方式是否是文化生活出版社的创造，他回答：

"不，这是从日本的出版物里学来的。欧美国家的出版物对30年代的上海出版界有影响，但不大，当时上海出版界主要是受了不少日本出版物的影响。"

我又取出一张曹禺的电影剧本《艳阳天》一书的软纸封套，上面印有电影剧照及"本事"，1948年5月文化生活出版社出版，编入"文学丛刊"第8集中。我问他：

"巴老，您编的'文学丛刊'我记得是没有封套的啊？这篇'本事'不知是谁写的，是曹禺吗？"

"'文学丛刊'里有两种书是印有封套的。除了曹禺的这本《艳阳天》，还有黄宗江的话剧《大团圆》也有。这两本书都是抗战胜利后的作品，当时都拍了电影，于是各自选用了一张剧照作为封套的封面，封底印了影片的故事梗概，不过是为了多推销一点书吧。那故事说明是否是作者自己写的我记不得了，可能不是吧。"

我跟巴老说："我的那本《艳阳天》是在北京东安市场旧书摊上买的，上面还有曹禺的签名，是送给胡风的。"巴金说："那很好。"

关于《艳阳天》，我在1948年5月26日的上海《大公报》上，看到一组推荐文字，有长有短，因为是作为电影厂的广告形式出现的，一直没有引起人们的注意，其中有叶圣陶、郑振铎、陈望道、熊佛西、臧克家、唐弢、景宋、靳以、徐铸成等人的文字。巴金也写了一段，同样没有标题，也不曾收入巴金的文集。巴金很少对影片讲话，又与曹禺是挚友，我觉得应当珍视这篇佚文，今照录如后：

> 看完《艳阳天》，我像见到了一个久违了的老朋友。在我年青的时候我见过不少像"阴魂不散"那样的人。我喜欢他们，我觉得相当了解他们。作者把"阴魂不散"写得极活，完全是一个有血有肉的人，没有一点做作或夸张。
>
> 我的所见所闻、所身经的一切都告诉我：好人是没有活路的。《艳阳天》的故事似乎跟这个"现实"有点"冲突"。不过作者写的是理想。他要使我们相信：好人是应该有活路，而且能有活路的。他要大家起来争是非，为好人争取一条活路。他不说教，却用一连串的画面来说明。他的企图的确是值得敬佩的。单独的个人不是有组织的势力的对手，这是谁都知道的事，不过要是所谓"好人"不只是"阴魂不散"一个，而是成千成万，连你我，连花钱

买票的观众们也在内的话,那么千千万万的人也应该是一个不可轻侮的大力量。那时候像金焕吾那样的人倒的确不是"阴魂不散"们的劲敌了。

不用男女的爱情,不用曲折的情节,不用恐怖或侦探的故事,不用所谓噱头,作者单靠他那强烈的正义感和朴素干净的手法,抓住了我们的心,使我们跟"阴魂不散"一道生活,一道愁、愤、欢、笑。作者第一次作电影导演能有这样的成就,的确是一件可喜的事。

这次在旧书店,我还看到巴老的《第四病室》良友版,以前我只知道有晨光版。可见版本的学问的确是大有文章。

巴金说:"抗战胜利以后,赵家璧从重庆回来想恢复良友出版公司,印了几种书,后来同老板闹翻了才另办了晨光出版公司,所以解放以前《第四病室》有两种版本。良友版的《第四病室》印数很少,可能不到一千册。"

我说这次在上海我还买到良友版的老舍先生的《四世同堂》,原有的是晨光版,想来印数也不会多。

巴金微笑着跟我说:

"我还有一本书,印数更少,恐怕你很难找到了。那是30年代初我自费印的,书名叫《过去》,收有外国革命家的一些照片,也有我写的介绍和议论性的文字,前面还有我写的一篇短序,一共只印了四十几本,赠送朋友的。你没有见过吧?"

我不仅没有见过,还是第一次听说。巴老接着说:

"这本书我原来还保存了一本,'文革'中被毁了,现在可能只剩下一张封面,是钱君匋画的。有几本当年可能送到国外的图书馆去了,在国内反而不易找到。以后找到了可以给你看看。"

借此我将这本《过去》的线索公之于世,望世上有心人去小心挖掘吧。

说到现在还是会太多,人们仍然难以避免陷入会海,不仅浪费时间,有的时候甚至有害。他想起当年在"反胡风运动"中,大家开会都得表态。他正编《文艺月报》,不得不表态,便在音乐界找了贺绿汀。那时胡风问题的第三批材料还没有公布,起初还是按文艺思想问题来批判的,音乐家拿了一份材料来,他替音乐家整理好发表了。结果第三批材料一公布,定性为反革命集团,很多读者对音乐家有意见,认为贺绿汀的文章调子太低,是唱反调。"我只好检讨,同时也害了人家。"

望着巴老客厅里挂着的林风眠先生的一幅画,我说这次我还买到林风眠在1928年自印的《致全国艺术界的公开书》,没有出版处和出版年月。巴老说:"林风眠提倡过以宗教代替美育。'文革'中开批判他的大会，竟然给他双手上了手铐，这是比较少见的。你看，那不是他的一张画吗。"说着，巴老指了指墙上挂的那张两只白鹤。

巴老告诉我，他的老弟李济生到北京开会，顺便把《无题集》带给了人民文学出版社，他说：

"这样也好，我总算完成了写五本《随想录》的计划，觉得思想上没什么负担了，很轻松，似乎可以就此搁笔了。过去为了写文章，连身体也受了影响，总好像有什么任务没能完成，无法轻松。搁了笔就好了，若真的愿意写点什么的时候，当然还可以再写，那可就自由多了。不过到现在我还是只要一动弹就感到疲倦，所以连信也不大写了。"

我要告辞了，他从沙发上站起来，我正想去扶他，他说："我自己可以，就是慢一点。"又说："我身体要好的话，明年就到北京去。若是身体不好就不去了。"

送我到客厅外面，他又吃力地走下台阶，送我到院子里，并跟我说："有事你就写信来。"我说我给你写信可以，你就不要回信了。

"不，有时我还是可以写一点的。"

"巴老，不要再送了！"

"我还是要送送……"

我不知这样的漫谈会给老人带来些微的愉快呢，还是疲倦。

一想到这儿,我的心里便有点不安。

拜访巴金后的第二天,我碰到上海书店的一位青年小许。他很兴奋地跟我说,不久前他同巴老合了影,老人还签名送给他一本书。我问他怎么有这么好的机会,他说,巴金最近又整理出一批藏书,有些是自己著作的各种版本,由北京中国现代文学馆派来一位女青年协助整理。这些书要送给北京,书店派他和另外一位男青年来巴金家帮助打包。这要一定的包装技术,也要一定的体力。他俩在院内旧车房里工作了两天,把这几十包书送到火车站去托运。最后,他们想同巴老合影留念,巴老欣然同意,还签名送他们每人一本著作。小许跟我说:"这是我最乐意干的一件差事了。巴金为了国家把一生的心血都贡献了出来,他是个无私的人。如果今后有这种差事,我还愿意干。"

小许在长期与旧书打交道的过程中,对现代文学期刊产生了兴趣,编撰了一本《中国现代美术期刊过眼录》,计划公开问世。后来在出国潮的影响下,他到日本去学习、工作了。听说他已经找到一个稳定的工作,与文化也还有些关系,我祝福他生活得愉快。希望他编撰的那本书能顺利地出版。

1986 年 9 月 5 日

雨天谈书

我到上海来参加中华文学史料学会议,住在近郊。除了见到一些研究现代文学的熟朋友,还第一次认识了来自香港、台湾的几位同好,这是非常愉快的。

会议结束后,我搬到城里上海文艺出版社的招待所,住了十天。临离开上海的头一天,我去看望巴老。

上午9点,我进了巴老家。老人静坐在客厅的木椅上,小茶几前斜立着一根手杖。老人仍然是雪样的白发,和蔼的面容,身上依旧是洁净的蓝布制服,风度温文儒雅。

几天来天气总是阴沉沉的,今天更赶上了雨。

"我以为你已经回北京了。"

"不会的,巴老。走以前我一定会来看看您的。"因为在这以前,已有参加会的朋友来探望过先生了,巴老已经知道我到了上海。

"这一回你买不到什么旧书了吧?"巴老知道我每次

来上海总要跑旧书店,尽量搜集几本20世纪三四十年代出版的文艺书刊。

"一本也没有买到。昨天星期日,我到南市的文庙去了一趟,那里不是有个旧书市场吗,书摊上差不多全是近几年出版的新版旧书,只看到一本您的书——《雪》,文化生活出版社1948年11月的第12版,很破旧了,我没有买,只要五角钱。"

"那很便宜么。"巴老说。

"我已经有了《雪》的初版本,就是那本绿封面,在美国旧金山印的,还是毛边书,书品不差。"

"那不错。这本书解放后我没有重印过。"

过去我就向巴老建议,请他写一写自己买旧书的故事,巴老表示有兴趣,又说精力不够,以后有机会再说吧。

"您从什么时候就不跑旧书店了?"

"大概是60年代初吧,因为忙啊,连新书店也没时间去了。现在更失去了跑书店的自由,走不动了。"

"过去呢,比如解放以前?"

"过去我常跑四马路(现在的福州路),那里书店不少,旧书摊也多,还有外文旧书店。常熟路附近也有几家个体经营的小书店,我的很多外文书都是从那儿买来的。抗战前,那地方住过不少外国人,后来临回国前就把旧书都卖掉了。有不少稀见的珍本。"

我补充说:"王子野同志最近翻译的《邓肯自传》续编《没有讲完的故事》(三联书店出版),用的本子就是您的藏书。他是从您送给北京图书馆的那批藏书中找出来的。您的旧书还真起作用了。"

巴老的情绪显得有点激动,他说:

"还有一本呢,也是用了我的藏书,是一位美国作家谈写作的书。"

"抗战期间您走了许多地方,是不是也有许多藏书?"

"我在昆明、桂林、贵阳没有什么藏书,在重庆的时候有一点,也不多。抗战胜利后,只要有人复员回上海,我就顺便托人捎一点书回来。结果有的箱子丢失了,书也不见了。那时候土纸印的书很便宜,也没有想到日后会这么珍贵。"

巴老送给我一本香港版的《随想录》合订本,事先已经签好了名。我一边接过了这本厚实的精装书,一边表示谢意:"这真是一本好书。"

巴老幽默地回答:"书不好,印书的纸头好。"

巴老从书柜里又取出香港新印的三本《家》《春》

《秋》,并在《家》的扉页上签了名,还问我是否每本都要签,我说签一本就可以了。巴老对香港印的这套书比较满意,开本很大,尤其是封面的作者肖像,是一位香港摄影家拍的,显得很深沉,经过制版处理又不那么刺目。

他谈到现在有的人太不知道爱惜书了,尤其是早已绝版的旧书,比如罗淑的《鱼儿坳》,当年只印了一千册,出版社借去了,结果把书撕开,送到印刷厂去排版,这本原版书也就没有了。

我接着说,现在有的图书馆又太"爱惜"书了,凡是解放前的版本都不出借,甚至连藏书目录也不公开,不愿意社会上的人来利用,有的还索取高价资料费和手续费,甚至要与借书人讲提成,借以解决图书馆人员的奖金问题,实际上这也是乱收费。巴老对这种做法直摇头,并说实在不理解。

"你常跑图书馆吗?"巴老问。

"不去。路太远,没有时间,也挺麻烦的。偶尔在本单位的图书馆借一两本书,可惜旧书不太多。"

"那么现代文学的藏书,除了唐弢就是你多了吧?"

巴老曾经向我提出过这个问题,我再次声明,我不敢与唐先生比,反正我找他借书的时候多,比如我介绍创造社的"小伙计"潘汉年等人办的刊物《A11》,我就是从唐弢那里借的。我对巴老表示:

"您总提这个问题,即使为了一种虚荣心,我今后也要再努把力搜罗旧书了!"

巴老笑了。

巴老客厅的一面墙全是玻璃书柜,我推开玻璃门翻书,看到巴金当年编的小型画集《西班牙的血》,书品不错,且有复本,我提出了无礼要求:

"巴老,我缺这本书,这里有复本,想讨一册。"

厚道的巴老爽快地回答:"没问题,送把你,送把你。"这"送把你"三个字带有浓重的四川口音,使我感到非常亲切。不想巴老在这本四十多年前出版的旧书上也签了名,我自我解嘲地说:"我这是变相抄家来了!"

我问巴老看了电视连续剧《家春秋》没有,巴老说看了。我又问:"怎么样?"明知道这是不好回答的问题,而且一句半句的也说不清楚,我还是脱口而出了。巴老的妹妹却给了我一个满意的回答,她说:

"邮局送报的青年说好,他每天都看。送牛奶的青年也天天看,同样说好。可是又说,好是好,就是死人太多了。一个大家庭,不是这个死了,就是那个死了,让人很难过。"

这是现代青年人的一种反应。当然还会有各种各样人的评论。巴老静静地听着,坐在那里默不作声。

巴老问我罗荪同志近来的身体情况,他说前些时候接到他一封来信,只写了几个字。冰心老人倒是常有信来,情绪很好。

我想告辞了,抱着一包书,真是满载而归。我希望巴老明年能来北京玩玩。他说:

"开会我都请假了。现在我一个月只出两次门。一次去理发,一次去华东医院检查一下身体。每天早饭以后,在院子前面走两趟。"

巴老送我到屋门前,想下台阶,被我劝阻了。照例他仍然站在屋外目送客人离去。

从巴老家回来,下午我又跑到旧书店去碰运气,承书店帮忙,我终于买到十来本旧书,第二天清晨便赶赴苏州,专程去甪直看新建的叶圣陶先生的墓。

我在苏州停留的时候给巴老写了一封信,向他介绍了他非常关心的圣翁墓地的情况。同时告诉他,那天我从他家里出来,下午又跑了一趟旧书店,到底买到了旧书,更正了我当面跟他说的一本书也没买到的事,我想巴老并不乐意我从上海空手北归。

想想真可笑,现在还有多少人对买旧书那么有兴趣!即使费尽九牛二虎的力气买到了几本,又有什么用……

1988 年 10 月 24 日

病房问答

6月中旬,正是江南梅雨季节。

我在上海住了十天,几乎天天下雨。

事先不知道巴老又住了医院。那天下午,有人敲我旅舍的门,开门一看我愣住了:

"杨苡,你怎么来了?谁告诉你我住在这儿的?"

她是听小林说的。前天她刚从南京来,在上海只能停三天,连回程车票也买好了。昨天她去华东医院看过巴老。

我们约定,明天下午一起再去医院看巴老。

夜里,我与黄裳通了电话,明天他也一起去。

第二天,从清早就大雨不止,上海人说,很久没有遇到这样的暴雨了。我只好冒雨上路。雨中的淮海路、陕西南路行人不减,在陕西南路上,还有几位青年人围过来要求兑换什么,我根本没听清他们的话,但摇头总是不会错的。

黄裳请我和杨苡在老大昌吃了西餐，味道不错，价钱公道，我说比北京的西餐好，也比两个月前我同黄裳在天津起士林吃的好。那是百花文艺出版社请客，恐怕破费了不少钱。

冒雨挤上了公共汽车，我们估计到了医院，巴老午睡后也该起床了。

上了南楼，轻轻地推开病房的门，巴老正坐在藤椅上吃酸奶。

看上去他的脸有点瘦，但满头白发依然那么茂密。

"你又好久不来上海了。"巴老问我。

"上次看您是1988年10月，两年多了。"我回答。

"这次住院主要是没有胃口，不想吃东西，还有点咳嗽……"今春，巴老又去了一趟杭州，还到了桐庐。去年在杭州休息的时候很愉快，这一次在富春江边还看到正在故乡桐庐作画的叶浅予，也很愉快。巴老说，那里的风景真好，本来他想去一趟新安江，后来没有去成。大概是1959年吧，他同萧珊曾经到过新安江，很想再去一趟。我说："这次旅行您可能太疲倦了吧。"接着问他："您平时都有什么体育锻炼？"

"我什么锻炼都没有。现在连散步都困难了。"

"青年时代是否有体育锻炼的习惯？"

"没有，青年时代也没有什么体育锻炼。"

"比如做体操、打拳或是练气功？"

"这些我都不会。"

"打球呢？排球、羽毛球……"

"不会，我连乒乓球也不会打。我爱散步，有时候去旅行，比如去杭州玩几天。"

巴老从青年时代就喜爱西湖，直到晚年仍然喜欢。

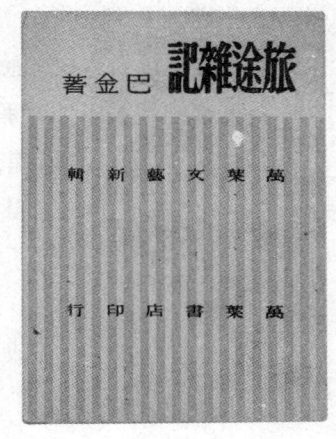

说到旅行，我想起巴金在1946年出版过一本散文集《旅途杂记》，他在题记中说过，因为他早年印过《海行杂记》《旅途随笔》《旅途通讯》等几本旅行记，有人便称他为"旅行家"，我借机向他请教：

"当年因为您出版了几本旅行的书，有人称您为旅行家，这里是否包含什么贬义呢，不知是谁说的。"

"记不得是谁说的了，好像没有什么贬义吧。其实我这个人也并不特别喜欢旅行，更不爱游山玩水。我爱写旅行记，不是为了别的什么原因，主要还是为了写生活。唔，对了，当年老朋友师陀曾经劝过我，让我多写小说，少写点游记。"

"您的旅行记确实是写生活的，写了社会和人生，也写人，很少单纯写风景。特别是抗战期间您从上海到广州，又一路流亡到内地，您的旅行记真实地记录了那个伟大的时代，以及人民的感情，至今仍很动人。"

我继续问他关于体育锻炼的事。

"您一直不爱体育锻炼，那么下棋、打牌呢？"

"小时候在成都的家里常常下棋，后来不下了。围棋我不会，也不喜欢打牌。"

"您爱好什么文化娱乐呢？爱看川戏吗？"

"川戏也是小时候在成都爱看，后来不看了。解放后才又看了几次川戏。"

"京戏呢？"

"也是小时候看的。我爱看武戏，台上开打起来很热闹。"

"那么没有别的文化娱乐了吗？"

"我最爱看电影，那时主要是看外国电影，别的就没什么了。现在是看电视，既看新闻联播，也看电视连续剧；走不动了，也只能看看电视。"

"逛旧书店和旧书摊是个爱好吧？"

"有二十多年不进书店的大门了。以前是太忙，没有时间，现在是走不动了，也没有什么旧书摊可逛。我那时逛书摊，主要是买外文旧书。"

是的，巴老多年来喜欢收藏外文旧书，其中有不少珍本。现在他已将这类藏书赠送给北京图书馆了。1927年他初到法国的马赛，便在火车站里买了一本左拉的

《短篇小说集》。以后又在巴黎塞纳河畔的旧书摊，花了两个半法郎买了世界语本秋田雨雀的《骷髅的跳舞》。那时他爱逛塞纳河畔的旧书摊，一个星期至少要去两次……我真希望他有机会，还是把这些买旧书的故事写出来。

"您只喜欢看电影，不看话剧吗？"

"也看，看的不多。抗战时期重庆的话剧舞台很活跃，我却有很长一段时间不在重庆，所以看得少。抗战胜利后回到上海，也看了一点话剧，有佐临他们导演的戏。"

黄裳插话，讲到佐临的夫人丹尼病了很久，现在几乎不认识人了。杨苡回忆，抗战以前她在天津教会办的中西女中读书，与丹尼是同学，那时候看过丹尼在学校演的莎士比亚名剧《如愿》。丹尼在台上光彩照人，是用流利的英语演出的。她还保存了一张在台上与丹尼等人的合影。

巴老静静地听着。我问他：

"您认识丹尼吗？"

"认识。她的戏，演得好。"

一位身穿连衣裙的中年妇女走进来，巴老向我介绍："这是索非的女儿。"

作家索非是巴老20世纪20年代在上海的老朋友，曾经在开明书店工作过，巴金的第一部小说《灭亡》就是先寄给索非的，巴金回国后就住在索非家的楼下。索非是作家，文学作品有《苦趣》《狱中记》等，更热衷医学救国，写过不少医学小品集，我只保存有他战后在上海出版的《龙套集》。后来索非生活在台湾，近几年才逝世。巴老说："索非是废姓的。"

身旁的黄裳向我介绍：

"索非给儿女起的名字很特别，儿子叫鞠躬，女儿叫沉沦。沉沦长大了，才自己改名为沈沦。"

巴老一直微笑地望着沈沦。他一生注重友情，多年来得到过巴老温暖的朋友的子女不知有多少。晚辈们也非常尊敬巴老。今天，沈沦好像就给巴老带来一些吃的。

我还想问问巴老的写作习惯。

"您写作时熬夜吗？"

"熬夜。有时编刊物的朋友们逼稿，刊物又不能延期，我常常要熬夜。那时身体好，不怕熬夜。"

"很多作家身边总带着一个小笔记本，遇到什么素材就随时记下来。您有这个习惯吗？写小说之前，是否也要先写个提纲？"

"我身边从来不带小笔记本，写小说之前也没有事先写提纲的习惯。茅公写小说是写提纲的。"

"您似乎不怕热，即使汗流浃背还可以写下去。"

"不，我从年轻时就怕热。夏天，我喜欢打赤膊写作。"

"只穿一件小背心和短裤吗？"

"不，穿背心还能算打赤膊吗？光着背，只穿一条短裤。"

我情绪一振,连忙说:"那太精彩了,可以请一位漫画家,给您画一幅夏日赤膊写作图了。"

巴金笑了。

"我在什么情况下都能写作。火车上、轮船里、小旅馆的油灯下,临时住在朋友的家里,什么地方都可以写。抗战期间,我随身带着一块墨,走到什么地方,找个小磁盘,倒上一点水,磨好墨就写。除了一支笔,我是一无所有。"

"除了一支笔,我是一无所有",我不由得重复了一遍这句意味深长的话。

"平时您睡午觉吗?"我问。

"年轻时不睡,那时候也不讲究睡午觉。解放后才时兴睡午觉,我也习惯了午睡。"

"您在家里午睡,上楼吗?"

"上楼。有一段时间我睡在楼下的沙发上,后来考虑到上下楼走走,也是一种锻炼,我就上楼了。今后,如果身体再差,我就得在楼下安排一张床了。"

"老年人就怕摔跤,这样容易骨折,您还是要小心些为是。"

"是的。我年轻时也没有想到年纪老了会变成什么样子。人老了,实在没意思。"

"医院的条件好,您就在这儿多休息几天吧。"

"不。我在医院里,总感到自己是个病人。"

他不愿作个病人。他希望回到家中,像个普通人那样生活。

这时候照顾巴老的人递给他一块饼干,我见他只吃了一块。

"您为什么不再多吃几块?"

"这是为了送药的。"

我们要向他告辞了,而且晚饭也已端来,一碗红菜汤,一块鱼,两个小馒头。

杨苡握着巴老的手说,明天她一早就回南京了,以后再来看他。我说如果下星期走不了的话,我再来一次医院。

他一定要从藤椅上拼力站起来,扶着手杖,站在病室中间目送我们。

他没有忘记告诉我,他要送我一本四川刚给他印的《讲真话的书》,已经在书上签好了名,可惜放在家里。我说不忙,或者我找小林要。他回答:

"不行。我放的东西,她找不到。"

雨还在下着,我同杨苡、黄裳各自撑着伞,站在华东医院的大门口话别。我们站了很久,说了很多话。

下不完的雨,说不完的话。

1991年6月14日

再访病房

几天来雨仍不止。

京沪铁路由于大雨毁路中断了数日,听说昨天已经修好通车了。但是,不售票,只送先前困留在上海的那些旅客。

市民反映,天若再不放晴,吃青菜要困难了;报上说,商业部门已经准备好用豆制品和咸菜来代替新鲜蔬菜;又有人说,今年郊区的西瓜,大部分烂在瓜地里了。

好不恼人的雨季!

不久,百年不遇的水灾就袭击了江南江北几个省市。

这天下午,我一个人冒雨来到华东医院。轻轻地推开了巴老病房的门。

巴老一人面壁而坐,他正在小桌前凝思。桌上放着他那副眼镜。我走到他跟前,他才打量出我是谁:"啊,是你。"

"您在沉思,想什么了?"

"没有,我在养神。"巴老一边说一边戴上了眼镜。

我们谈起唐弢先生的病,以及他的藏书。巴老说:"60年代,唐弢住在东城无量大人胡同的时候,我正好去北京,到他那儿看过他的藏书。房子很宽敞,他把30年代的旧书都摆了出来。"

我说,那时他住的是平房,我在他的藏书室里多次巡视过,后来他搬进永安里的楼房,藏书又都装箱入柜了。我跟巴老说,唐弢跟黄裳一样,爱找名人题字,我看到唐先生那里有马叙伦、沈钧儒的字,也有巴老的字,是用毛笔写在笺纸上的,很少见。

"那是早年写的了,是抗战胜利以后吧。我还给黄裳写过。"

我说最近见到了王统照先生的儿子,是研究农业科学的专家,他说他在上海念中学的时候,您还给他题过纪念册,题词的内容对他有很深的影响。记得是勉励他认真地生活,热烈地爱那些需要帮助的人。另外,抗战后您将离开上海的时候,朋友们在中法联谊社为您饯行,他父亲喝醉了,是您送他父亲回家的。

"他记错了,那次吃饭不是送我,是送许广平,那时她正要到南洋去。那天王统照是喝醉了,最后由我和陈西禾一起送他回家。到了家门口,王先生又错敲了隔壁邻居的门。"

巴金的记忆力真好。讲到王统照醉后乱敲门的时候,他自己也笑了。

我问他，抗战胜利以后文化生活出版社出版了一套"水星丛书"，其中有冯至的《十四行集》、李霁野的《给少男少女》等，一律素白的封面，书名是手写体，不是巴老写的吧。

他很快地回答："那都是靳以写的。他的字比我好。"

我说，我最后一次见到靳以是1958年，他有心脏病，但是还是爬上了我们文艺部的四楼。

"他是1959年11月去世的。"巴金说。

我谈起当年他同靳以合编的文艺杂志《文丛》，从内容到编排设计，以至纸张、印刷我都喜欢，因问：

"30年代在上海出版的文艺刊物，您认为哪一家办得最好？那时的刊物是否都赠送给您？"

"当时似乎不存在你提出的这个问题，我也没想过哪一家办得最好。赠送给我刊物的也有，但是自己买的也不少。那时候买杂志很方便，在街上随时可买，也用不着预定。"

"30年代，您还给《漫画生活》写了不少稿。那时候漫画与文学似乎结合得紧密，现在完全分家了。"

"那是因为吴朗西当编辑的关系，是他向我约的稿。当时鲁迅先生也给这家漫画刊物写稿，也是吴朗西去约的。除了漫画杂志，当时的一些画报也发表文艺作品，包括短篇小说。"

我以为这是一个值得研究，也很有趣的问题。当年鲁迅倡议创办，并由聂绀弩主编的文艺杂志《海燕》，鲁迅不仅为它写了不少文章，还设计了封面，并告诉绀弩要把它编成文章与漫画并重的杂志，还让绀弩去找漫画家蔡若虹，请他组织和搜集漫画稿件。其实在第2期的《海燕》上已经发表了几幅外国漫画家的作品，显然鲁迅并不满足，要有中国漫画家的作品才行。可惜《海燕》只出了两期便被当局查封了，这个愿望未能实现。

20世纪30年代林语堂主编的《论语》等杂志，也经常发表漫画，丰子恺、华君武都在上面发表过作品。大型综合性刊物《东方杂志》，丰子恺先生还为它画漫画作封面，如1933年元旦那期便是。

"1933年元旦，《东方杂志》发表《新年的梦想》特辑，您也参加了，好像很热闹。那是胡愈之先生约您写的吧，你们原先认识吗？"

"记得是胡愈之约的，在这以前我俩早就认识。当时有很多作家都参加了这次征文活动，茅盾、叶圣陶、老舍、郁达夫都写了文章，丰子恺先生还画了几幅漫画，其中一幅是人力车夫在拉车时，真想自己能多长出两条腿来，好跑得快些。其实人力车夫不会这么想的，这是画家的想象，出于好意，想让人力车夫跑得快，多赚几个钱。"

巴老的记忆力实在惊人。的确，丰先生的这一组漫画充满了孩子的天真:他还画了母亲梦想孩子立刻长大;教师梦想给学生们注射智慧之针;建筑师幻想儿童玩具楼房一下子变成真实的大楼。

我不记得巴老的那篇征文是否收入了文集,他说:"不记得了,好像没有收入吧。"

当时鲁迅先生看了《东方杂志》这个专号,马上写了一篇《听说梦》,指出当时的社会说梦也不会自由的,应征者谈理想社会者有之,但没有人讲达到理想社会以前的阶级斗争。即使现在看来,鲁迅先生的意见仍然是正确的。当然,鲁迅的话也未必是对这次征文的全部否定,因为有些文章,事前在送交审查机关审查时已经被修改、删节了。商务印书馆的老板王云五为了这个专号还对胡愈之施加压力,两个月后便辞去了胡愈之主编《东方杂志》的职务。

"我同胡愈之还有过合作,比如1931年上海开明书店出版的俄国盲诗人爱罗先珂的童话集《幸福的船》,这是我为世界语协会筹备基金编的。这本书的全部稿费都捐了出来,其中有胡愈之翻译的作品三篇,鲁迅翻译的作品四篇,他们都支持了我。书中也有我翻译的作品。"

"您在《随想录》中谈到,不赞成印黎烈文的小说集《舟中》,但是研究现代文学的人还是想了解黎烈文创作的小说,想看这本书。"

"这是黎烈文家属的意见,我觉得我们应该尊重她的意见。研究者当然可以看，可以到图书馆去复印一本好了。"说时巴金笑了。

这时照顾巴老的人进来，剥开一只香蕉，递到巴老的手中，巴老对我说："又该吃药了，这是为下药的。"

我想告辞，巴老看看阳台外面的雨说：

"不忙走，没关系。"我看老人的精神还好，也很想多坐一会儿。

"这次买到旧书了吗？"他问我。

"只买到几本：有一本良友出版公司出版、夏征农编写的关于西班牙内战的小画册；一本陈西禾改编的话剧《春》；还有一本是《郭沫若文集》，薄薄的一小本，抗战胜利后在上海印的。"

"就是春明书店的那一本，我也在那家书店印了一本。这家书店在沦陷区盗印了作家很多书，这是赔偿损失的。"

我告诉巴老，他在文化生活出版社主编的"文学丛刊"，我藏有一百十几种，还差若干种。有的如曹禺的剧本，因为我已经有了文化生活出版社出版的一套《曹禺戏剧集》，便有意不搜集编在"文学丛刊"中的版本。现在看来，为了求全还是应该搜集的，可是很难了，搜集不全了。

"曹禺那套戏剧集的封面很好看，是钱君匋设计的。"

我的话引起巴老对老友曹禺的怀念，他默默地跟我说：

"曹禺躺在北京的医院里，他很想见我，我也很想见他。可是现在这个样子，我们俩都动不得，恐怕很困难了。"

刹那间，室内的空气沉静下来。我也不知道该用什么话来安慰巴老。

我谈及曹禺未完成的剧本《桥》，到现在也没有机会完成。

巴金说："那是他在抗战胜利前夕写的，胜利后他与老舍到美国去就搁下了。我一直劝他继续写，想办法完成它。"

此刻我又答非所问地向巴老建议：

"你们可以用录音带来彼此交谈……"

又是一阵沉默，巴金听了未作任何表示。

他忽然问我今年多大了，我回答后他说：

"六十二岁，我那时快进牛棚了。"

是的，巴老六十二岁时是1965年，下一年他的厄运，不，大家的厄运就降临了。

对日本作家井上靖的逝世，巴老感到意外，因为原定去年10月他们还要在上海见面，巴老特意抽时间读了井上靖先生的新著《孔子》，这个美好的计划永远也不能实现了。我知道巴老写了一篇散文悼念这位老朋友，但是一直未见发表。我问他，他说悼文已经发表了。再问，

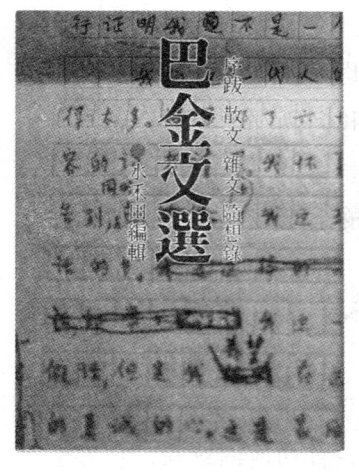

才知道是发表在日本的报刊上。我的意见还应该在国内发表,他说,文章不长,又过时了,以后收在书里就行了。

这一回我真的要走了,巴老让我等一等,请照顾他的人拿过他的书包。这是一个人造革的老式手提书包,现在很少人用了。他让那人把一本香港出版的《巴金文选》找出来。那人翻了几遍也没有,并说别是放错了地方吧,巴老坚持说在书包里,最后他接过书包,一翻就找了出来。这是一本36开的小型书,香港摄影家水禾田编辑、出版的。前面收有编者为巴金拍的彩色照片多幅,巴老在扉页上为我签了名。这是巴老入院时特意带来,准备随时翻翻的吧。

"这书是从上海出版的那本六十年文选中选编的。"巴老向我介绍。

我手持如此精致的小书,不免赞叹起来:

"这书太漂亮了,印得多好!"

"现在有的书印得那么差,居然还拿出来卖,真奇怪。"这是一位老作家、老出版家无可奈何的感叹。

我道谢,并与巴老握手道别。怕他又站起来相送,赶快拿起桌旁的雨伞匆匆地走了出来。

雨还在下着,我摸摸袋中的这本小书,唯恐被雨水打湿了。我想,巴老何以知道这本小书肯定在书包里,或者他已经暗暗地在打点行装,准备回家了吗。

刚才在交谈中,他曾经向我透露,再过两天他就要回家了。

他不愿作为一个病人住在病房里,急于要回家,作一个普通人,健康的人。

他有点着急:要做的事情实在太多了。

1991 年 6 月 19 日

西子湖畔

江南的黄梅雨季节一过,难挨的闷热天气立刻袭来。杭州的朋友说,这两天气温一下子便上升10℃,每天都是35℃左右。

7月12日的早晨,我漫步湖滨,想寻找一家花店,选一束鲜花献给我所尊敬的巴金先生。在柳浪闻莺附近的一家花店里,我选好花,匆匆赶往汪庄,去看望在那里养病的巴金先生。那天是个阴天,不时还有凉风吹来,汪庄的环境又那么幽静,满眼是绿,我的心情特别好。

巴老在这儿已经住了两个月。当初他从上海华东医院出来,人们怕他经不起路上的颠簸,担心会加重他的病痛。但是,老人向往西湖,这些年差不多每年都要到西湖来休养,而且每次都能保持身心健康。他留恋西湖,忘情于青年时代与伙伴们在此留下的足迹,以及那些富有传奇色彩的故事。他最不愿意住的地方是医院,一有可能便要离开那里,尽管医生们值得感谢。

进了汪庄,快要走近巴老的住处,远远看到巴老的侄女国煣推着车中的巴老从湖边归来。我举起手来打招呼,赶紧加快了脚步。

我把那束鲜花放在他的胸前。他亲切地说:"你来了。"声音很低,我几乎没有听清楚。国煣说:"前两天太热了,我们没有去湖边。今天没有太阳,我们到湖边去散步,知道这时候你要到了。"

迎候在楼前的女服务员,把准备好的一件丝绸夹克衫盖在巴老身上,因为楼内有空调。国煣安排我坐沙发,把车子推近我,为了彼此说话方便。我请巴老不要多讲话,只听我说。我说在上海已经从小林和济生兄那里,听说了他的近况。我们都为巴老在西湖过得愉快而高兴。小林还特别说到,原来巴老不同意吸氧,大家都着急。经过医生和家人的劝告、解释,说明吸氧只是为了解决脑部的供血不足,并不是什么抢救措施,最后他才同意了。我借机告诉老人,很多上年纪的人都习惯于吸氧,譬如冰心、夏衍平时在家里都吸氧。有一天下午我到夏公家,他午睡醒来正在吸氧。这样有助于老人们思考问题和阅读书刊,您不是也不赞成光是养病,什么事情也不做吗,吸氧是很平常的保健方法。

巴老关心我访书的事,我讲在上海逛了文庙的旧书市场,而福州路的上海旧书店已经没有旧书可寻了。在文庙见到一本小册子,叫什么巴金语言辞典之类。翻了翻似乎是一种普及的辅导读物，有的词目也不是巴老所特用的语言，所以没有买。巴老说，他知道这本书，是上海一位青年写的，却在四川出版。我补充说，其实我应该把这本书买下来，总归是有关巴金研究的资料么。

我在那里买了一本人民文学出版社1954年版的茅盾小说《腐蚀》。这部小说写了一个国民党女特务的复杂心理和自新的过程，有机会时可以看看解放后的版本有无修改。联系到李健吾先生写的剧本《十三年》，其中也写到一个暗探，最终有所醒悟而结束了自己的生命。解放后，李先生修改了这个结尾，让主人公活了下来，怕美化了敌人，或有人说是人性论。至于曹禺修改《雷雨》和郭沫若修改《女神》的教训，更是人尽皆知的。巴老插话道："我也改。"我表示，这难怪作家们，只能说是当时那个大环境造成的……还没等我讲完，巴老严肃地说："不，作家有责任。"我们沉默了。此刻，巴老仍然不忘解剖自己。我发现，他讲这话的神情是痛苦的。

我举例说，刚刚粉碎"四人帮"不久，我与林林、袁鹰合编《杨朔散文选》时，我也干过错事。书中涉及表扬尼赫鲁，和提到林彪的地方，我没有改动，却作了删节。尽管林、袁两位，以及杨朔的家属都同意了，现在想来还是对不起作者和读者。这样随着政治风云的变幻而动，恐怕改不胜改了。

谈起藏书，巴老又重复了前些年他对我讲的话："除了唐弢以外，大概你藏的新文学书最多了。"我说："不行，不行，我差远了。"然后转向一旁听得入神的国燊解释，唐弢从30年代就搜集新文学书刊，且在上海；而我那时还是个少年，怎么能同他相比！巴老关心唐弢的藏书会不会交给现代文学馆，这是他最盼望的一件事。我说四月份在北京纪念现代文学馆建馆十周年的会上，我见到了唐弢先生的夫人沈絜云大姐。她正忙着校对唐弢的文集。在会上她很有兴趣地看了将要开工兴建的新馆沙盘模型。那天大家都高兴。我们还看了建馆时您来北京参加活动的录像，以及不久前作协在上海召开工作会议，您出席会议的情况。那天，萧乾同志第一个发言。他说他是记者出身，可以报告给大家关于您的最新消息，因为他刚从上海回来，曾经两次到医院看过您。他用两个字来概括您当时的病情："稳定！"大家听了感到欣慰。我觉得他概括得挺好。人们都爱听"稳定"这两个字。巴老听到这里笑了。

我讲在上海陪我逛文庙的两位书友，一位买到天马书店的《鲁迅自选集》，只花了两元。一位买到几本抗战胜利后郑振铎、李健吾合编的《文艺复兴》，还有战前傅东华编的一本《文学》，每本8元。在北京的一位青年书友，花了四百元，在地摊上买了差不多全套的《文学》。巴老很有兴趣地听着，并说："那很便宜。"他还告诉我，他有全套的《文艺复兴》《文学》大概不全了。

我知道巴老喜欢听我谈书，我又讲到在美国买不到中文版旧书，连五六十年代的版本也没有。听说在香港买港台版五六十年代的书也很困难了，如叶灵凤、曹聚仁、李辉英的书都是偶尔可见。巴老又想到了文学馆，他说李辉英的书已经送给了文学馆，还为他专开了"李辉英文库"。我不详此事，便连声称好，并感到老人心中装的事情真不少。

讲到萧乾，我说他整天忙于写作，创作力总处在一种旺盛的状态。前不久，我到过他家，房内拉了一条铁丝，上面依次挂着约稿的来信和地址，一看便明白自己将要写些什么。这像旧时银行和商店的会计们结算账目的办法，他很得意自己的创造，劝我也学他这种办法。我表示无此才能，没有那么多文章要写，但我佩服他这种精神。正像他自行设计的书桌前的那块斜坡式的木板，以及边上的多格木盒，分别放着剪刀、胶水、曲别针、橡皮等物一样，没有一种痴心写作的兴致，万万不会有如此举动。现在他不仅是手工作业，爬格子时还用复写纸，好留一份底稿，写起来是很吃力的。巴老听了关心地说："萧乾年纪也大了！"

我感谢巴老为我编的《十年一梦》增订本写了序。这是他病中的新作，二百多字，精粹如诗。1986年出版的这本书，是我从他的《随想录》等五本书中选出来的，内容以提倡说真话，批判"文革"和解剖自己为主，先后印行了两版,每次都有几万册之多。最近出版社要重印此书,恰好巴老的《再思录》问世,我重新编订了增订本。本想征得巴老的同意便可付印,不想出版社一定让我转达,他们希望巴老能为增订本说几句话,哪怕几十个字也好。我推辞不掉,只好先向小林透露此意,或可由她听父亲口述,代笔完成几十个字。据当时正在汪庄探视巴老的济生兄说,那天上午他们一家还一起议论过此事,可巴老始终不愿意由他人代笔作文,怕难以完成这一任务。巴老在一旁听着一声未响。午睡时,济生兄醒得迟了,到下午四点才起床,不想巴老亲笔写好了这篇序文,而且写得那么深刻,那么富有感情。原文如后:

> 十年一梦!我给赶入了梦乡,我给骗入了梦乡。
>
> 我受尽了折磨,滴着血挨着不眠的长夜。多么沉的梦,多么难挨的日子,我不断地看见带着血的手掌,我想念我失去的萧珊。梦露出吃人的白牙向我扑来。
>
> 在痛苦难熬的时候,我接连听到一些友人的噩耗,他们都是用自己的手结束生命的。梦的代价实在太大了。
>
> 我不是战士!我能够活到今天,并非由于

我的勇敢,只是我相信一个真理:任何梦都是会醒的。

巴金 九五年六月二十三日

人们可以想象,当我手捧这篇短序时,我的内心是怎样的激动和不安,深深谴责自己累了病人。我太自私了。

"为了写这篇序,那天中午您没有午睡吧?"

"我午睡了,醒来以后在床上写的。"

巴老讲得那么平静,我连忙相劝:

"以后您千万别再这么干了。"我这样说,不是仍然很自私吗?

"以后不写文章了,译文全集的附记还是要写一点,这是对读者最后的交代。"

我建议他口述,由小林或国烁代笔,最后自己看一遍,改一改就行了。国烁连声附和,巴老没有表示同意,也没有反对。

"以后,我还要送书给你。"

我说,"你养病,不要想这种事了。上次,您让作协的同志带给我那本《再思录》,上面还签了名,以后就不必为此劳累了。您的书我们买得到。"

"我的全集你拿到多少册了?"

"不管它了吧,您不用问了。"

国煣在一旁说，大概是十几册吧，那次正好是她经手，我让到上海出差的女儿取来的。我只好告诉她册数，她说回到上海便找出 18—26 册，凑齐了，留在那里。巴老还嘱咐，别忘了，是精装本。

我同巴老讲了《十年一梦》封面的设想，他同意以他短序的手迹为底衬，只要朴素大方便可。他还问我，知不知道浙江要出版一种新的《鲁迅全集》，我回答听说了，包括全部译文和整理的古籍在内，这种版本很必要。

巴老又向我打听了北京一位老朋友的近况。

时间不觉过去了一个半小时，我不想再打扰老人了。我站起来说，你累了吧。

"不累，我说话少，你说的多。"

国煣说，现在医生只允许他上午工作一个小时，不能劳累。

想到杭州、上海的夏天都这么热，而巴老又在上海写作了几十年，那时又没有空调，真不知道夏天在火炉似的房中怎么能写出那么多书。巴老回答："赤膊。"

国煣重复了一句巴老的话，笑了。

他没有对我说一句送别的话，静静地凝望着我。

我猜得出此刻他正在想些什么……我不敢再多望他一眼，头也不回地走出了大厅。

希望明天仍是个清凉的早晨，好让国煣推着车子再送巴老到湖边。对了，今夜小林便要从上海赶回，那么也许会由小林陪父亲到湖边散步。

西湖,你就毫不吝惜地把所有的魅力都留给这位爱你的老人吧。

1995 年 7 月 12 日

又访西子

10月的西湖依然那么魅人。

湖边荷叶残了,失去了青翠,却留有深沉的墨绿,好像正要迎击风寒和霜冻。阳光洒在湖面上,湖山罩上一片金黄,西湖变得轻逸而温柔了。我坐在湖滨,看看时间,离巴金午睡起床还有一个时辰,乐得在此消磨一段时间。

湖上游船星星点点,大概游客都去吃午饭和午休了吧,岸边的船家女却手持票本往来兜揽生意。一人竟朝我走来,动员我下湖一游,答应给我优惠价。我婉辞,她哪肯离去……想起三十多年前我买船放舟西湖时,船家嫂那腼腆和小心的样子,我相信这世界真的是进步了。

船家女方才走开,一身着蹩脚西服的青年又来了。他手提的黑书包里装满了瓶子,见我就呼"老先生",问我何方而来,很亲切的。我知道他是来卖保健药的,故而处之淡然,问我两声,方答半句。他自觉无味,失望而去。凝视湖心和远山,到底还是自然界更含蓄、单纯,只能使我放松,不能扰我清闲。

想起去年夏天来此看巴老,在上海已与济生兄和小林相约,见面不讲夏景凡兄刚刚病逝的事,以免巴老伤神。巴老最爱朋友。夏兄与我同事多年,抗战期间他在重庆《商务日报》工作时结识了巴金,数十年来交往不断。不想见面后,巴老还是向我打听他,我只能以谎言相对,骗说夏兄痔疮病又犯了,正在治疗。赶紧转移话题。

去年秋天巴老从杭州回沪,由女婿小祝来接。不幸小祝回沪一病不起,英年早逝。济生兄告诉我,当家人告诉巴老这意外不幸时,顺便讲了夏兄年前逝世的实情,索性让老人受一次打击,不必多次折磨老人。事实证明,巴老是清醒而坚强的。尽管内心痛苦,并未引起家人的担心和不安。这次见到小林,她显得瘦了,我又能安慰她些什么呢!

昨夜巴老睡得不太好,今天午睡起得迟了。我一见他便说:"巴老,我来看您。还是您听我说,您不必讲话。"

我告诉巴老,这次我南来讲学,与徐成时学兄住原沪江大学的同一房间。他讲外语写作,我讲副刊和散文。成时兄与我是北京新闻学校的同班同学,在校时他已有文学翻译出版。当年他在上海读中学时便崇拜巴金,20

世纪30年代末即与巴金结成忘年交,现在已经年过七旬了。

我又讲不久前见到了萧乾。《世纪》杂志创刊三周年,他在会上讲了话,并与大家吃了一餐烤鸭。又讲到巴老在桂林时代的朋友黎丁,他正以手工作业的方式把藏书赠给福建黎明中学。为此,他常常跑邮局,一小包一小包地寄出去。我说:"他也是受了您的启发,向您学习呀。"

巴老刚刚看过我为北京出版社主编的一套"现代书话丛书",其中《巴金书话》是征得老人的同意由济生兄编的。本书光是巴老写的书刊广告就收有25篇,有一篇《巴金全集》里漏收的《憩园》广告,还是由我提供的。我从来不小看这些不署名的短章,现在也不敢说业已收集齐全。即以这则《憩园》广告来说,如与读者谈心,亦是作家创作的自白,绝非无谓之作。请看原文:

> 这是作者最近完成的一部长篇,在这长篇里作者似乎更往前走了一步,往人心深处走了一步。这里没有太多的激动,使你哭我笑,然而更深的同情却抓住你我。我们且记着作者往日说过:他在发掘人性。我们也许可以读到愤怒,但决没有悲哀。该死的已经死了,爱没有死,死完成了爱。全书十余万言,定价六万元。

《憩园》是巴金作品里重要的一部,也是我最喜欢的一部书。这显然是一篇精粹的书话,更像回答读者的某些疑问。经巴老鉴定,甚至想起这是他复员回上海后与萧珊一起写的,我为此感到欣慰。

巴老对这套书话丛书的装帧设计也很喜欢。小林也称赞,济生兄更对书的环衬前后呼应,以及排版、印刷都很满意,认为目前有的出版物太不讲究这些了。我跟巴老说:"您对这套书,还有您的那一本都满意,我就放心了!"巴老马上鼓励我:"这是你搞的么。"我连忙声明,设计封面的是北京出版社一位年轻的女编辑,她是当年的知青,为了设计这套书曾两次来我家,看了不少30年代的文艺书刊装帧,当然也有文化生活出版社的封面。她很聪明,很快地把握了这套丛书的文化氛围,富有现代感地设计了这套丛书,可以说没有返工,一次成功。

巴老很有兴趣地听我介绍,态度那么认真。

巴老跟我说:"你下次到上海来,我还要送书给你。"

我立即回答："巴老，您保养身体要紧，不要再想送书的事了。《巴金七十年文选》济生兄已送我了，《巴金译文全集》不要再送了，书在北京印的，运到上海，又送到北京来，太麻烦了。这一回让我自己出钱买一部您的书吧！好吗，巴老？"巴老点点头，轻声地说了声好，显得那么慈祥。

济生兄让我讲讲北京文坛近事，包括将要召开的作家代表大会等事，我所知甚微，不能畅言。巴老正要说点什么，突然咳嗽有痰，医生赶忙过来。刚一平静下来，我便趁机告退。我知道巴老不愿与我相对枯坐，他还要跟我讲话。我问巴老："您没有什么事，我要告辞了。"他想了想嘱咐我：

"替我问候北京的朋友们！"

"好的。我一定照办。"

1996 年 10 月 14 日

巴金与《夜未央》

巴金译波兰作家廖抗夫（1881—1913）的短篇小说《薇娜》，是巴金翻译的第一篇小说。内容是写一个牺牲了爱情，而献身革命的旧俄新女性。1928年6月由上海开明书店出版的这本书，厚达234页，而署名芾甘译的《薇娜》却只占48页，余为李石曾（1881—1973）译

的廖抗夫著三幕剧《夜未央》，这在巴金的著译目录中是少见的。幸好在本书扉页上印有说明："石曾芾甘二君不曾合作译过这集子，是编者自由地把它们集合起来的。理当声明。"版权页上又标明这书是"微明丛书"之一，编者是"微明学社"，实即开明书

店的编辑索非所为。索非是巴金信赖的好友,当时巴金远在国外,一切文稿都交他代理。巴金未必满意这种编书法,后来再也没有印过这个版本便是明证。

但,李的《夜未央》译本,对少年时代的巴金却有过较深的影响。这部戏是描写1905年俄国革命中,一群革命青年与沙皇统治者英勇斗争的故事。李的中译本是1908年(光绪三十四年)在巴黎和广州同时出版的。1920年巴金从成都往上海写信才找到了这本书,读后引起了强烈的共鸣,以为从中找到了"梦景中的英雄"和"终身的事业"。为了同伴们排演这戏,他还一字一句地抄录了一遍。不知巴金所据的李译是巴黎的印本,还是广州的版本。

1927年巴金到了巴黎,买到法文本的《夜未央》,卷首即收《薇娜》,先译了它。读了原本《夜未央》发现李译有删节和误译处,而且用的又是文言,他便重译了一遍,"但这译稿在从巴黎到上海的途中被邮局遗失了。1930年1月我又把剧本译出,交给一家小书店印过一千册。"(见巴金:《〈夜未央〉后记》)这就是1930年4月上海启智书店出版的《前夜》。1937年2月,巴金又把《前夜》改为《夜未央》,由上海文化生活出版社重印,此后多次再版。尽管巴金不满意李的译文,但也吸收了李译第三幕中关于传单的文言译文,他说:"'传单'的译文得力于旧译本处不少。其所以用文言者,并非译者偷懒，说句老实话，译成白话未免太显露了……不过旧译本的这一段是译得很好的。"（见巴金：《〈前夜〉译者序》）而李石曾在清末即开始译介欧美新剧，使读者眼界一新，实亦功不可没。

如今李译《夜未央》的初印本已罕见，有人记载1908年由巴黎世界社出版，有人记载同年由巴黎中国印字局与广州革新书局同时出版。二十多年前，我偶过北京隆福寺的中国书店，那里新文学的旧书已很稀见，我竟从架上捡到一本16开长型本李译的《夜未央》。书用重磅道林纸印，大型字号竖排，内有多幅在巴黎公演的剧照，且有三幅印制精良的染色彩照，书前还有作者廖抗夫像和为李译中文本写的序。我顿时想道：根据当时国内的印刷条件，此本很可能是光绪三十四年在巴黎印行的，因即购下。归来后细查，发现书中无出版年月，书后只附有世界社介绍《世界》杂志第1、2期的广告，似缺版权页。可是在书的封面上又赫然印有："版权所有，万国美术研究社刊行，每册定价大洋8角。"一书在手，依旧茫然，究竟何为《夜未央》最早的版本，看来只好求教于高明了。

2008年7月

《茵梦湖》的版本

德国作家施托姆（1817—1888）的中篇小说《茵梦湖》，写了一对青梅竹马的情侣最终不能结合的故事。凄婉的故事打动了不少读者，晚年的巴金回忆："我少年时期就喜欢念施托姆的小说，特别是郭沫若翻译的《茵梦湖》。二五年我学习世界语的时候也曾背诵过世界语译文，这本书我去法国时带在身边，却没有想到邮船过印度洋时，我在三等舱甲板上失手把这本书落在海里。我极为懊丧。"（见《巴金译文全集》卷六"后记"）这无意间的一时闪失，倒让人联想到，好像也是对作家的一种海祭，充满了诗的意味。

为了学习德语，后来巴金在上海还买过一部《施托姆全集》。1943 年在桂林，他从朋友陈占元处又借到施托姆的德文原著，边读边译，完成了《迟开的蔷薇》《马尔特和她的钟》《蜂湖》等三篇译作，其中的《蜂湖》即《茵梦湖》的新译名。1943 年 11 月由重庆文化生活出版社出版了这个译本，书名《迟开的蔷薇》。我初读施托姆靠的就是这本书，不过我的藏本已是1948年5月在上海印行的第4版了。

我至今不知道巴金命名《蜂湖》的原意，却从本书"后记"中，见到他明确地表示："我不会写施托姆的文章"，又说："我不想把它（指《蜂湖》）介绍给广大的读者。不过对一些劳瘁的心灵，这清丽的文笔，简单的结构，纯真的感情也许可以给少许的安慰吧。"话中似乎弦外有音，莫非巴金更加看重的只是作家的文笔。

说到《茵梦湖》的版本，当以郭沫若的译本为最早，1921年7月由上海泰东书局出版。我保存的是1929年5月的第12版。这个版本自有特点：一是由原来的32开本改为袖珍型的50开本；一是书前增加了郁达夫写于1927年7月的长序《〈茵梦湖〉的序引》。序中讲到他读施托姆作品的时候，"总不能不被他引诱到一个悲哀的境界里去。我们若在晚春初秋的薄暮，拿他的《茵梦湖》来夕阳的残照里读一次，读完之后我就不得不惘然自失，好像是一层一层的沉到黑暗无光的海底里去的样子。他的技巧上的特质，就是文体的单纯简略。我们读完了《茵梦湖》之后，无论如何总不能了解他的用了这样简单的文字，能描写得出这样复杂的感情来的。然而这一层长处，就是他的短处，因为他太爱文体的简洁了，所以不能造出可歌可泣的艺术来……"从郁达夫的感受中，我似乎理解了巴金何以不想写施托姆的原因。

郭译《茵梦湖》后来转由创造社出版部出版。抗战胜利后的1946年11月，又由上海群海社刊行（扉页上却标示1947年版，与版权页上的出版时间不同）。所谓"群海社"，实为群益、海燕、云海三家出版社的简称。可喜的是仍然保持50开本，标明"郭沫若译文集之一"，印行了两千册。我还保存有1928年4月上海开明书店出版的朱偰译本，也是50开本袖珍型，书名《漪溟湖》，真是古雅有余，却难上口。优美的书衣设计风格近似钱君匋，那时钱先生已进入开明书店工作了。值得一记的是作者在序言中，一一举出郭的译笔有十五处不妥，这种直言讨论的风气实在令人神往。据查1922年2月商务印书馆还出版了"文学研究会丛书"之一的唐性天译《意门湖》，书名只求避开重复，既少含蓄，亦乏文学色彩，了无趣味可言。

几十年来，再也见不到这类不足百页的世界文学名著了。我怀着一种敬意，感谢旧时的出版家们为我们留下来的那些袖珍小册，这当中自然也包括巴金先生的贡献。

2014年2月

费新我画《家》

把五四新文学名著改编为连环画,较早的有丰子恺先生作鲁迅的《阿Q正传》及其他;刘岘先生作茅盾的《子夜》(木刻);费新我先生作巴金的《家》。这些作品都已问世半个世纪以上了。

费新我先生在苏州逝世,人们只知道他是闻名全国的书法家,却不知他于1941年8月在上海万叶书店出版过一部"连续画本"巴金的《家》。那是钱君匋设计的"万叶画库"之一。把小说《家》画成一套美术作品,本是抗战前钱先生的计划,他说:"我在一个中学里的钟楼下接受了巴金兄的嘱托,把他所译的《我的生活》的铅印清样研读着预备制作插图,当时我就打算把他的那部《家》,给它从头至尾画一套。结果战事发生了,我离开了那个住了十多年的钟楼,流亡到遥远的地方,两件事都被搁置了。"(见画本《家》后记)待他重返上海,并主持万叶书店编务时,即转托费先生来完成。1941年6

月下旬费先生完成初稿，即携画稿赴沪，"就正于秋草老师和君匋先生。"接着便是钱先生的工作："当第一幅画到我手中时，我便思考着如何写它的说明了。因为要通俗，文字一定要浅显些，又因为每回字数有一定，而原书的事实颇丰富，往往有不能尽收之憾，但在可能范围内，总使它不失原意为主。这样再四易稿，成了今日的样子。不知对原作尚能无过否？可惜巴金兄不在上海，不能就正于他，是十分抱憾的。"当时巴金正在大后方，画册出版之际，他已到了昆明。

全书 146 幅，以毛笔水墨出之，小 32 开本。画占书面的 2/3，1/3 的地位是文字说明，可容百余字，钱先生只能述其故事梗概了。编绘者何以不称它为"连环画"，显然要与当时的"小人书"有所区别，那时的"小人书"正在流行《施公案》《火烧红莲寺》之类。画家陈秋草为本书作序时说："本书在制图的时候，对于每一画面景象的位置，书中人物面貌的揣摩，和语意的象征写出等，都有过很审慎的思考；画的技术也颇合水准。这是具有'新启蒙运动'价值的艺术，让大众来欣赏这本《家》的默片演出吧。"以传统水墨画的形式和极有限的篇幅，来表现一部具有深刻思想内容的长篇名著，其难度之大是可以想象的。从这一角度来认识，费新我和钱君匋先生的合作，可以说是一次大胆的尝试。对于前人的这一尝试，我们没有理由笑其幼稚。总的说，尽管画家作了很大的努力，但在人物造型和心理刻画方面，很难说已经体现出原著的精髓。环境的描绘及氛围的渲染，似乎胜过了人物的描写。画家对于封建大家庭的生活环境，是比较了解的。费新我画《家》，在他整个艺术生活中是个小插曲，我把这一画本作为巴金研究资料之一来收藏，对于钱先生，当然也是一个纪念。他的"万叶画库"当时也只完成了这一种，不久日军便占领了上海租界，出版业务被迫结束。他再次恢复万叶书店，已是抗战胜利以后的事了。

巴金不是"旅行家"

1946年底,巴金编完了自著的散文集《旅途杂记》,在"前言"中说:"过去我印过一本《海行杂记》、一本《旅途随笔》和一本《旅途通讯》。有人因此称我为旅行家。其实我对旅行并无特殊爱好。我把一部分时间花费在旅途上,只是为了看看我那些散处各地的朋友,和体验一些人的生活。"看来称巴金为"旅行家"的人并无恶意,但也流露出对巴金写旅行记的不以为然,好像巴金只应该写长篇小说。

巴金没有接受"旅行家"这个称号,对于这四本"旅行的书"曾经分别作过说明。我是相信巴金那朴素和诚实的自白的。他写游记,不过是"求助于我的这管秃笔,让它老老实实地对朋友们讲几段我的生活的故事"。

《海行杂记》,原名《海行》,1932年上海新中国书局出版。年轻的巴金决定远行法国:"时间是1927年1月和2月,那时,我还不曾开始写小说。我为我的两个哥

哥写这本游记，使他们明白我怎样在海上度过了一些光阴，并且让他们也领略一些海行的趣味。"（见该书序言）

《旅途随笔》，1934年上海生活书店出版。巴金在该书序言里说，他是靠着友情生活的。"我并不是因为喜欢'名山大川'才开始旅行的，虽然我也很想知道各个地方人民的生活状况。"巴金明白地宣示了他游记的特点，并不是游山玩水。

《旅途通讯》，1939年上海文化生活出版社出版。该书写于抗战初期："是在死的黑影威胁下写成的。""我不会说假话，这些信函便是明证。甚至敌机在我的头上盘旋，整个城市在焚烧的时候，我还感到友情的温暖。是这温暖给了我勇气，使我能够以平静的心境经历了信中描写的那些艰苦的日子。"（见该书序言）

《旅途杂记》，1946年上海万叶书店出版。作者在抗战中曾经流亡于广州、桂林、贵阳、重庆、成都等地，有些篇章仍写于炮火声中。巴金说："我们亲眼看见了侵略者的败亡。我们并没有犯错误。我们且等着看火中凤凰的诞生吧。"（见该书前记）

在这四本游记中确实很少写自然风光，当然这也不能证明巴金是反对别人在游记中单纯写风景的，因为这也是读者的需要。多年来，也很少有人评论巴金的游记。1936年11月，阿英在上海北新书局出版了《海市集》，收有一篇《小记二章》，其中之一即评介1934年文坛上出现的三本游记，标题即名"游记文学论"。三本游记为郁达夫的《屐痕处处》、巴金的《旅途随笔》、郑振铎的《欧行日记》。阿英的评论是："这三种游记，从它的社会性上来估量，巴金的一部是较强的。伴着那个人游踪而存在的，不是自然的风物，而是社会的动态。如《农民的集会》《谈心会》《西班牙的梦》《亚丽安娜》都很现实地写出了现代的青年，现代的农村。《香港》《香港之夜》《机械的诗》则写了现代的都会；《游了佛国》《在普陀》《鸟的天堂》更是很美丽地描写了自然的风物。而《一千三百元》《一个女佣》更是告诉人们，人间产生了怎样的悲剧。在这册游记里，和其他的著作一样，存在着作者火一般的奔进热情，时代的生活影像，是表现着世界之动的游记著作。但人物的介绍，只有安那其青年，是他笔尖上最发展的人物。"30年代后期的阿英，出语平和，已少偏激之词。他可能是最早推崇巴金游记的人。

关于游记的写作，萧乾也受益于巴金，为此他为我们讲了30年代他两次去内蒙古旅行的故事。第一次是1930年夏天，他到了卓资山。"那时我对那里的社会现实也不是毫无觉察，然而我更多的是把它作为一次避暑旅行。我甚至还站在遍地开满罂粟花丛中，让人拍过照。"自从1934年他结识巴金之后，受到巴金的直接引导，逐渐走出了个人的小天地。他有机会再访了内蒙古。"这次我从北平、张家口一直跑到包头。沿途我不满足于泛泛地看市容和风景了。"萧乾下了矿井，看到矿工们在死亡线上的挣扎，也看到了人肉市场上凄惨的画面。"那次旅行粉碎了我心目中'风吹草低见牛羊'的内蒙古。归来满怀悲愤的心情写了《平绥道上》"。并有意识地开始了他的"人生采访"。萧乾不仅把巴金看作自己文学道路上的引路人，也是他"在人生旅途中一位主要的领路人"。

我爱读巴金的作品，对他的四本"旅行的书"也不忍释手。每逢翻见这几本小书，我仿佛都能听到温和的巴金老人会轻声地自言自语："我不是旅行家。"

2011 年 8 月

茅盾·巴金·《烽火》

一本文学刊物,总是不可避免地要罩上那个时代的尘影。依我看,抗战初期出版的《烽火》似乎最能显示那个时代的特征了。

1937年7月7日,伟大的抗日民族战争爆发。上海文艺界也处于战时状态。在全国有较大影响的大型文艺刊物《文学》,于8月1日出版的第9卷第2期上发表了两则紧急启事,一则是编辑部鉴于华北前线的军士浴血抗战,深愧同人们无从助力,特将本期稿费扣出一部分转寄前方;另一则是刊物将略减篇幅,请各地作者勿以长篇作品见寄,并催请作者们将旧存长稿及早领回。这就是《文学》最后一期的声明。待到"八一三"战火一起,继续出版《文学》已不可能,战前几个主要文学刊物《文学》《文丛》《译文》《中流》便联合起来,编辑出版了战时文艺周报《呐喊》。《呐喊》于8月22日创刊,8月29日出版了第2期,9月5日即改名为《烽火》,茅

盾是"编辑人",巴金是"发行人"。在《呐喊》创刊号里,刊有一则同人启事:

"沪战发生,《文学》《文丛》《中流》《译文》等四刊物(原由王统照、靳以、黎烈文、黄源分别主编)暂时不能出版。四社同人当此非常时期,思竭绵薄为我前方忠勇之将士,后方义愤之民众奋其秃笔,呐喊助威,爰集群力,合组此小小刊物。"

刊物为32开本,每期篇幅仅十数页,封面除目录外,只有一幅单色画,显示了紧张的战时环境。《呐喊》创刊号有献词《站上各自的岗位》,是号召抗战的宣言,也是文人报国的誓词。这篇献词后来在广州复刊的《烽火》里又重新发表了一次。刊物以杂感、报告和诗歌最见活跃,茅盾、巴金经常执笔,巴金还写了诗歌《给死者》等。此外还有王统照、郑振铎、靳以、萧乾、杨朔等人的作品,内容无不反映抗战的题材。

《呐喊》只出版了两期即改名《烽火》,除刊名更换外,形式与内容一仍其旧。为了适应战时需要,还发表不少群众创作,主要是报告和通讯。例如在第十期《烽火》上发表了《一个苦力的日记》,作者描述了他在闸北亲见抗日战士孤军奋战的场景。编者为此还写了一个附记,说明这位投稿者是上海一个旅馆的茶房。类似的作品各期还有《内地通信》《在轰炸中旅行》《在投奔前线的途中》等,《在伤兵医院中》则是萧珊写的。

《烽火》第 7 期是 10 月 17 日出版的，本期特别出版了《鲁迅先生周年祭》特辑，发表了景宋、王统照、郑振铎、黄源等人的纪念文章，并有一篇以"同人"名义写的《纪念鲁迅先生》。在遍地烽火中纪念鲁迅先生，别有一番意义。文中写道："……站在我们伟大的老人的遗像面前，我们中国的儿女不能够再流一滴眼泪了。我们应该让他也知道，神圣的民族解放的战争已经爆发了。"这篇文字原以为出自编者茅盾先生之手，但据茅盾先生回忆，此时他曾因事去长沙，到 10 月底才回来，实际是巴金写的。

《烽火》在上海出版到第 12 期，即 11 月 20 日为止。其后随着战争的转移和人员的撤退，最后迁到广州继续出版，并改出旬刊、半月刊。待《烽火》第 13 期在广州出版的时候，已经是 1938 年 5 月 1 日了。刊物负责人互相调换了一下，茅盾当了"发行人"，巴金来作"编辑人"。这可能是由于茅盾去了香港的缘故。复刊号发表了编辑部的《复刊献词》，文颇激昂："……在东战场形势改变，国军退出淞沪，大上海完全沦陷以后，我们还竭力使我们的《烽火》燃烧在敌人的阵地，但我们的发行处都已经成为灰烬了，接着来的禁止和封锁，断绝了我们和许多作者读者的关系。我们不能够在中立区域里自由地揭起我们的呼声。但我们也不愿让敌人永远窒息了它。现在经了一些时日努力的结果，我们又在自己的土地上重燃起我们的《烽火》。我们诚挚地希望那无数与我们暂别了数月的弟兄们再来帮助我们完成这一事业，使《烽火》永远燃烧，一直到最后胜利的日子。"这热情而激愤的文字，出自巴金同志的手笔，它有力地说明了《烽火》的命运是同我们伟大的民族自卫战争紧紧地联系在一起的。上海的发行处早已化为灰烬了，而在广州，刊物却经常在敌机轰炸中编印出来。巴金在第18期《烽火》里描述过当时的气氛："这些日子里，我们的救护队含着眼泪埋葬了成千的死者，无辜的血染赤了广州的街市。"尽管头上飞机盘旋、投弹、爆炸，巴金还是埋头工作。"我坐在藤椅上没动一下，头埋着，眼光固定在一堆校样上面。"（见《在广州》）就这样，刊物坚持到10月1日，出版到最后一期——第20期为止。还有一期已经编好而未能出世，同年11月，巴金在桂林为《文丛》二卷四期写卷头语的时候说，敌骑逼近广州，第21期《烽火》已经在印刷所排竣，"可是没有被制成纸型的幸运，便在21日广州市的大火中化为灰烬了。"又是一次使人悲愤的"化为灰烬"！

　　《烽火》在"八一三"的炮火中诞生，终结于广州大火，它已经壮烈地完成了自己的使命，这是值得我们永远纪念的一个刊物。由茅盾、巴金高燃的这把《烽火》，给抗战初期的文学运动增添了光彩。这一本本薄薄的小刊物不是普通的文字，而"是正义的呼号和血的实录"。每当我打开《烽火》的时候,一股战时烽烟便扑面而来,一下子便把我带进那个不平凡的年代。我常常想到,我们大家所熟悉的茅盾和巴金两位作家,当他们在敌机轰炸下从容工作的时候,这本身不是也异常庄严、悲壮吗!

1980年1月

《无题》及其他

巴金的作品一直拥有大量的读者,《无题》是一本杂文集,为靳以编的"烽火文丛"之一,1941年6月在桂林初版,到了1942年2月已经在重庆印了第四版。巴金说,这是他的第三个杂文集子,前两个是《控诉》和《感想》,都是抗战初期出版的。杂文在巴金的全部创作中比重不大,但在日本法西斯的侵略炮火下,他不能沉默。这几本杂文集赢得了广大读者的心,对作者来说也是在抗日战争中最难忘的纪念。

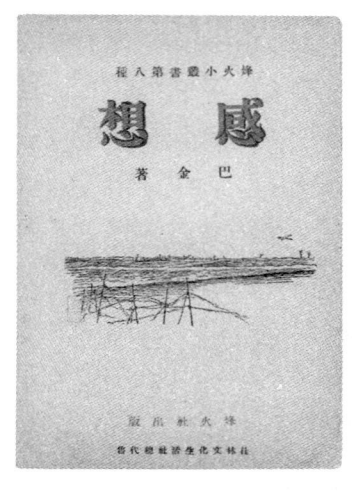

《无题》收有杂感、短论、随笔共二十篇,其中

就有名篇《"重进罗马"精神》《做一个战士》,以及《轰炸中》《十月十七日》等。巴金自谦地说:"都是不像样的东西,不过因为全和抗战有关,我便把它们集起来付印了。"抗战时期写不写与抗战有关的作品,当时文艺界曾经有过一场争论。巴金在本书"前记"里特别声明:本集所收的作品"全和抗战有关",也等于参加了这场讨论。

巴金的《控诉》,1937年上海烽火社出版。其中有呐喊,但主要是控诉,那是"对于危害正义、危害人道的暴力"发出的控诉。《感想》是1939年7月桂林烽火社出版的。书中的题目,几乎都与文艺问题关涉不大,却与抗战息息相关,如《失败主义者》《国家主义者》《最后胜利主义者》《公式主义者》《和平主义者》《略谈动员民众与逃难》等。巴金在这本书的"前记"里说:"收在这小册里的短文只是一些感想和杂感。它们算不得正式的文章,不过我在那里面说的全是真话。而且我以为我们在这时候应该说真话。"又说:"我自己十分喜欢那一篇题作《给一个敬爱的友人》的文章,这是怀着热烈的希望写成的。我写最后一段时敌机就在我的头顶上投弹,但是我终于把它写完了。我对于抗战的最后胜利的坚决的信念,读者可以在这篇文章里看出来。"这可以说明,巴金是一贯主张为人和作文都要讲真话,同时又证明他的杂文是在敌人的炸弹下写成的。一切热爱巴金作品的人不能忽略了这几本小书。

1985 年夏

《萧萧》与巴金佚简

作为在上海孤岛时期结束前夕出版的文艺刊物,有一种以散文随笔为主的《萧萧》。32开本,创刊于1941年11月1日,第3期终刊于同年12月1日。七天后太平洋事变爆发,上海租界被日军占领,孤岛历史结束。《萧萧》署名"萧萧社"编,编者实为文载道。这是一本精致耐看的小型刊物,较罕见,更少人道及。

创刊号"我们的社语"专栏发表了《献词和释义》,强调了刊物的特色,最需要的是短小精悍的杂感、漫谈、速写、书评、报告、通讯、札记。至于刊名"萧萧"的叠字,考虑到有点音乐感,容易引起一点美的联想。编者还引《红楼梦》中咏竹的"无风仍脉脉,不雨亦萧萧",认为正好代表了美学上的所谓"刚与柔"的境界。

许广平特意为《萧萧》第2期提供了未发表的鲁迅致王冶秋的信,并王冶秋编《鲁迅序跋集》后写的跋,及她写的序。可惜这个业经鲁迅先生首肯的版本,始终未能出版。创刊号上还有悼念杂文家周木斋的四篇文章,作者是周楞伽、文载道、列车、木圭。巴金先后发表了散文《撇弃》和《龙》,柯灵发表了《碰壁》,还有西渭(李健吾)的《杂记》、应服群(林淡秋)的《文艺短简》、风子(唐弢)的《飞》、方典(王元化)的《咬嚼》、芦焚(师陀)的《关于陀思妥耶夫斯基的一点感想》、魏如晦(阿英)的《金瓶梅传弹词》、东方曦(孔另境)的《蜕变和淘汰》、谭正璧的《关于韩侂胄》,秋远(黄裳)的《评〈扶箕迷信的研究〉》、《关于〈蜕变〉及其演出》,万殊(满涛)的《关于汉明威》和《思余录》等。写过《郭沫若归国秘记》一书的殷尘(金祖同)发表了《唐代的当铺》,并提供了郁达夫促郭沫若返国的两封信。一想到在万木无声地沦陷了的上海,还能出现这样一本严肃的纯文艺刊物,实属难得。

说到第 2 期巴金发表的《龙》,今天至少可给近年出版的《巴金全集》作两条补正。一是巴金应约寄《龙》的文稿时,曾有一信致编者,附刊于文前。查《巴金全集》未收作者致文载道信,当是一封佚简。今录如后:

××先生:

三十日来信收到。我在内地还好,常常想起你们。刊物出版,自然愿意帮忙,我有几篇散文在圣泉处,里面有九篇文章,如《风》

《雷》《雨》《龙》《醉》《撇弃》《祝福》等。你有空不妨到福润里去看看，选两篇发表。将来写了新的短文，再为你寄下几篇。从文信过两天即转去。他如有文章一定会寄上的。见着季琳请代致意。他的信也见到了。《火》第二部在这里送审，尚未审完，不知何日可出。我和几个朋友在这里租了房子，刚搬进去。连桌子也没有，写字不便。今早有预行警报，我在七星岩茶棚喝茶，就在躺椅上写了这封短信，别话后详。祝好。

巴金

信中提到的圣泉是作家陆蠡，季琳是柯灵，从文是沈从文。编者写给沈的约稿信，请巴金代转。可惜巴金信内无年月日。查《龙》写于1941年7月，巴金9月到桂林。巴金给文载道的信既然写于桂林，当在同年九十月间。

二是，《巴金全集》第13卷所收《龙》的注释说，此文首发在1942年5月1日出版的《自由中国》新2卷第1、2期合刊，有误，应改为："1941年11月16日出版的《萧萧》第2期"。

巴金为冰心编书

在我保存的冰心作品的版本中，有一种抗战期间在大后方出版的土纸本书，不嫌其纸质粗劣，我一直视为珍藏。它是1943年7、8、9月分别问世的《冰心散文集》《冰心小说集》《冰心诗集》，总称为《冰心著作集》。它是由巴金编辑的一套丛书，绝版已久，无论从版本价值，还是从纪念两位作家的友谊方面来说，在新文学出版史上都值得记上一笔。

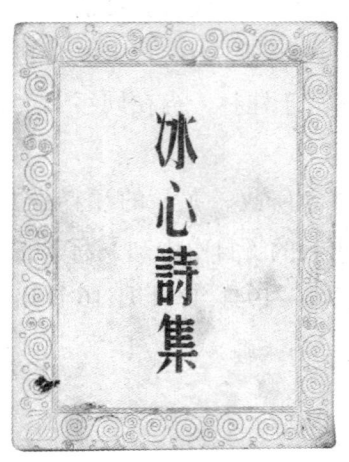

冰心和巴金的友谊已经持续了半个世纪以上，至今巴金仍亲切地叫着"冰心大姐"："七十年了，我还在跟着您前进！"巴金对朋友一向真诚，他对冰心更是发自内心的尊重。

冰心待他亦如自己的老弟。

巴金说，那是在抗战中的重庆，也许是1940年末，"有一天我同冰心谈起她的著作，说是她的书应该在内地重印。她说：'这事情就托给你去办吧。'我答道：'好，让我给你重编一下'，就这样接受下来她的委托。我得到作者的同意把编好的三册书交给开明书店刊行。"（见巴金《冰心著作集·后记》，1941年1月记，1942年12月重写）那时的巴金才三十多岁。请听他对冰心作品的自白："十几年前我是冰心的作品的爱读者（我从成都搭船去渝，经过泸县，我还上岸去买了一册《繁星》，我的哥哥比我更爱她的著作，他还抄过她的一篇小说《离家的一年》）。过去我们都是孤寂的孩子。从她的作品那里我们得到了不少的温暖和安慰。……现在我不能说是不是那些著作也曾给我加添过一点生活的勇气，可是甚至在今夜对着一盏油灯，听着窗外的淅沥的雨声，我还能想起我们弟兄从书上抬起头相对微笑的情景。我抑止不住我的感激的心情。"可贵的是直到1988年7月6日，巴金仍以感激的心情写信给冰心说："您这个五四文学运动最后一位元老，一直到今天还不肯放下笔，为着国家民族的前途不停地奉献您的心血。您这个与本世纪同龄的人，您的头脑比好些青年人的更清醒，思想更敏锐，对祖国和人民有更深的感情。……思想不老的人永远年轻，您就是一个这样的人。"忠厚谦虚的巴金，多年来坚持讲真话,把心交给了读者,我相信他确实从冰心身上受到了鼓舞,尽管自己写字困难,仍然坚持工作;即使无力与朋友们通信了,还是艰难地给冰心大姐写信。

20世纪80年代初,巴金编辑自己的序跋集时想到了当年为《冰心著作集》写的那篇后记,可惜他手边已不存那三本书了,由我抄录了一份供他编入书中。但是,当时我忘记了讲两件事,一是当年作者与编者议论出版此书时是在重庆,可是初版本似乎是在桂林的开明书店印的。我保存的初版本便是桂林版。二是书后附有关于《冰心著作集》的广告,当然不一定是巴金写的,但应一并抄出供巴老过目。广告原文如后:

> 冰心女士以诗人的眼光观看一切,又用诗的技巧驱遣语言文字。她的作品,无论是诗,是小说,是散文,广义的说,都是诗。二十多年以来,她一直拥有众多的读者。文评家论述我国现代文学,谁也得对她特加注意,作详尽的叙说,这原是她应享的荣誉。现在她把历年的作品整理一过,定个总名叫做《冰心著作集》交由本店分册印行。

广告文字平实,不事张扬,后来才知道出自叶圣陶先生之手。

批判巴金一例

感谢立民寄来了《萧珊文存》，让我读到了不少以前未见的作品。萧珊的译作我也爱读，手边却只保存了她译的一本普希金的《别尔金小说集》。屠格涅夫的作品，早就听说萧珊的译笔颇佳，这次终于得到了满足。

立民在来信中又说，上次他来京时听我讲过，东北有一刊物在解放战争时期发文批判巴金，建议我写篇文章。其实我在几年前写过一篇介绍这个刊物的书话，文中已简略地提到此事。巴金的作品不是不可以批评的，但我不认为那是一篇实事求是的讲道理的文艺批评，而是强词夺理、乱扣帽子的苛评。这个刊物叫《文艺月报》，由解放区吉林鲁迅文艺研究会主办，1948年10月创刊，同年12月出版了第2期停刊。创刊号上发表了署名白火的《我所见的巴金的影响》。主编人是作家锡金和李又然。

白火讲，青年人喜欢巴金的作品，主要是巴金"投其所好的抓住了小资产阶级知识青年的一些特点：对旧社会不满，好幻想，思想矛盾。个人英雄的欲望。巴金不是有意毒害青年的，他要青年们'革命'，但他本人就没有接触过革命的实际，以想象做根据，而从小资产阶级，无政府主义的立场出发，就不能不歪曲现实，将人引入歧路了"。在白火的笔下，巴金的罪过至少有六项：

"一、极力渲染畸形的感情。"白火以为巴金的作品"一味在玩弄着青年人正常的感情，引导他（们）脱离实际，使之脆弱肤浅，矫揉造作，戏剧化，甚至歇斯底里化"。他认为巴金小说《新生》的主角李冷，《灭亡》中的杜大心正是这样的角色。

"二、违背实际的'革命'幻想。"白火举例说，有一个医大的女同学对他讲，"她是看了巴金的《火》以后，就想到解放区参加革命的，'革命多自由，多好玩！'可是到了医大，她就什么也看不惯。'这些校规，还不是限制人的自由'，'开讨论会有什么意思'。人家开会她上山去采花，她认为'革命'原是'好玩'的嘛！"

"三、夸大地强调思想矛盾。"白火认为巴金完全不懂革命利益和个人利益的一致性，"硬将所有个人福利和革命要求对立，并且无条件地同情一切个人私欲，把这一矛盾夸大地强调起来，在他的小说里充满着革命与个人的利益冲突：革命与家庭的矛盾，革命与恋爱的矛盾，革命的自我牺牲与自我享受的矛盾，且赋以极大的痛苦，这只有帮助青年姑息他不正确的旧意识或神经过敏地自寻苦恼罢了。"

"四、革命就是'灭亡'。"白火以为巴金小说里写的"革命""毫无前途，也不要任何结果，杜大心的脑袋被挂在街头，子戊躺在血泊中，朱素贞被处死刑……事败身亡，倒使人觉得他们从痛苦中解放了，而'革命'也就是'灭亡'！这完全是没落阶级绝望的疯狂，毁灭一切，毁灭自己的情绪"。

"五、赞颂个人的恐怖手段。"白火认为巴金所解释的"革命"，并不是要推翻旧的社会制度，而是像杜大心那样的仅仅是刺杀个人。"这正是曲解社会问题，违背历史规律如俄国民粹派的作法，这种暗杀政策，现在只有法西斯特务才来使用了。"

"六、高度发扬个人英雄思想。"白火断定，巴金作品里的"革命英雄"，都是十足的个人主义者。他又举例医大那个女同学读了《灭亡》中的杜大心，"她看不惯一切，看不惯解放区同学……"总之，白火认为巴金的作品对青年读者的影响是深刻的，人们应该"一总清算歪曲的影响"。

当时我读了这篇文章即产生了一点疑问，先不说文章的内容是否正确，在解放战争已经取得节节胜利的形势下，文艺界不是更应该团结起来，进一步扩大统一战线，去夺取全国的胜利吗，怎么对国统区的作家却展开了比较集中的批判,诸如当时对胡风、沈从文、萧乾、朱光潜的批判;对曹禺《艳阳天》和钱锺书《围城》的批评;对黄新波的油画和黄永玉木刻的批判,等等。我以为文学史上的这段经历是值得研究的。我还藏有1946年4月在辽源出版的,由辽西文协主办的《草原》文艺半月刊,创刊号上报道了辽源分会在同年3月24日"召开关于巴金的讨论会"的消息,可惜的是没有详载会议的内容,也不知对巴金是褒是贬。我不明白,在这边远的辽西解放区,当时怎么会对巴金那么看重,忽然专门为他开起讨论会来。

2009年5月

可爱的小书

也许是因为自己年纪已老,现在从书店买来的新书几乎有点举它不动了。据说这是与国际接轨,印书得用重磅道林纸,一般书差不多都由32开变为16开,页码增厚,分量加重,我再也不能一书在手,轻松自如地在窗前捧读或享受卧读之乐了。若要看书,只得移步桌前,正襟危坐地展读。正因为用纸好,开本大,页码增,成本高,书价也涨了不少。我平时读的多为随笔小品,这类书本不适宜用大开本,装帧亦以淡雅为上,如今却变得宽袍大袖,五颜六色,不伦不类,让人见了心烦意乱。每遇这种情况,我常常会想起当年我作中学生时,最喜欢买的是上海文化生活出版社的文学书,想起它的主编者巴金先生。

文化生活出版社出版的"文学丛刊",小32开本,洁白的封面,一尘不染,就像巴金本人那样的朴实无华,而且篇幅无多,定价低廉,恰好迎合了求知欲极强,却又没有多少钞票的青少年读者。我还发现巴金印书特别喜欢一个"小"字，除了"文学丛刊"外，他又主编了一套"文学小丛刊"，开本更小，36开，我保存有沈从文的散文《昆明冬景》，曹禺的剧本《正在想》，杨刚的诗《我站在地球中央》等。这套书的封面也由巴金设计，仅有素雅纤细的花边，美极了。巴金还编有"呐喊小丛书"和"烽火小丛书"，全是薄薄的简装本。前者我存有茅盾的散文《炮火的洗礼》，李健吾的剧本《信号》，艾芜的小说《萌芽》等；后者我存有王统照的诗《横吹集》，萧乾的散文《见闻》。此外，巴金又编有一套典型的口袋书，64开本的"翻译小文库"。别看开本小，却收有名著名译，如毕修勺译左拉的《磨坊之役》，李林译布宁的《伊达》，巴金译普希金等著的《叛逆者之歌》和爱罗

先珂的《笑》等。小小的浅绿色封面，印刷精致，也很美。总之，这些以"小"为名的书雅而不俗，定价低廉，既便携带，亦便保存，形成了文化生活出版社的一大特色。无疑地，巴金先生这种舍大求小的考虑，都是从普通读者的利益出发的。

联想到20世纪30年代

前后的上海出版界，似乎也不曾放弃出版简装小册的做法。我手边即存有郭沫若译、郁达夫作序的施托姆著的《茵梦湖》，泰东书局出版，还有开明书店出版的韦漱园译果戈理著的《外套》，堪称世界文学名著，都是接近64开本，装帧也很讲究，看来在当时已成为一时风尚。后人应该感谢巴金和他同时代的出版人，他们为我们留下这么多精美而平民化的小书。我当然不反对今天的出版界为了与世界接轨，出书追求巨大和豪华，因为这也是一种美，是无可厚非的。但是我总忘不了往日那些不忍释手的可爱的小书，忘不了巴金先生那么执着地钟情于小开本的小丛书、小丛刊、小文库。他晚年写的《随想录》，在香港三联书店印的初版本，依然是零本小册，可有谁会不承认那是一部不朽的大书呢。

2009年2月

反法西斯的书

我存放的旧书,一向没有严格的分类,找起来很麻烦。日前偶然发现两本反映西班牙内战的书放在了一处,这不是我有意的安排。因想我存的同类书可能不止这两册,何不找出来放在一起,此亦老来消磨时间的一乐也。

发生在1936年7月的西班牙内战,完全是德意两国法西斯一手策动,借此武装侵占西班牙的国土,这引起全世界爱好和平的人们的反对。这对正处于日本法西斯侵占领土的中国人民来说,更有深切的感受,中国作家也举起了正义之笔,走进了世界反法西斯的战斗行列,留下了一些富有纪念意义的作品。

《西班牙的内战》

夏征农著《西班牙的内战》,1937年3月上海良友图书印刷公司出版。作为"图画知识丛刊之一",书中收录了新闻摄影四十六幅,真实地报道了西班牙人民的苦难和反抗。文章分析了这场战争爆发的社会因素和直接原因,作者明确地指出,到了德意法西斯的正规军"夺取马德里已不是西班牙的事,而成了德意参谋本部的事。这一战争的性质已转变为直接反抗国际法西斯战争了"。良友版的这套"图画知识丛刊"不知出版了几辑,总之作家夏征农的这本书的写作和出版是非常及时的。

《在西班牙前线》

林淡秋译英国作家佛郎克·匹特卡仑著的报告文学《在西班牙前线》,1937年6月香港华南图书社出版,总经售处是上海杂志公司。打开书页即见新闻摄影九幅,其中包括"意大利坦克车进攻马德里"和"显然标明德制的弹壳"等。文章共分二十三节,标题有"第一次轰炸""不是内战而是神圣的民族自卫战争""我们继续防守着"等。

厚达一百六十余页的本书,译者没有留下前言或后记,却写下一副联语:"凯旋门系白骨筑就,自由花乃热血灌成。"沉痛的感情充溢纸上,同时也期待着人民的胜利。淡秋前辈为人一向低调,多年来他很少谈自己的创作,似乎也没有讲过这本书。

《西班牙万岁》

1937年8月，上海生活书店出版了尤兢（于伶）翻译的苏联作家 A. 亚非诺干诺夫著的剧本《西班牙万岁》。于伶在"译序"中表明他急于译出本书，是"英勇的西班牙民众吼出的悲壮热烈的战歌，由在敌人侵略下的我中华民众的声音来吼唱是最合拍不过的。这种呼声，从西班牙民众的心之深处爆发出来的声音，也就是我们的声音呀"！

剧中的人物有母亲、少女、矿工、大学生、教师、卖报的、擦皮鞋的，为了保卫祖国，他们都勇敢地拿起了武器。西班牙人民参加人民军的热潮，也鼓舞了中国人民抗击日本法西斯的决心。剧本具有极强的写实性，并保持了报告剧不分幕的艺术风格。

《……而西班牙歌唱了》

1941年4月，上海诗歌书店出版了芳信翻译的《……而西班牙歌唱了》，副题"人民军的战歌51首"。

所谓诗歌书店，即上海孤岛时期由作家锡金、朱维基、芳信等组成的诗歌创作社团行列社主办。说是书店，实为虚设。本书的出版就是行列社的穷朋友们凑钱印成的。日军占领租界后,行列社结束,诗歌书店亦不存。

本书中的战歌虽有无名氏之作,主要却是美国作家的创作。原书编者在本书"引言"中说,作家"愿意用他们的才能,把人民西班牙所产生的歌谣的译文,配上英国诗的格律的回答,在美国以作家著名的男女都慷慨地响应了,他们自动地献身替西班牙民主政治的事业服务"。实际上这是美国诗人合作的一本歌颂西班牙人民的诗集,充分显示出全世界爱好和平人民的共同心声。

《西班牙的血》及其他

令人难以忘记的是,巴金先生当年一直关心和挂怀西班牙人民的斗争。1938年4月,他为西班牙画家创作的战时画册《西班牙的血》编译了单行本。他为本书作序时说:"在我们的无数爱和平的同胞用他们的无辜的血灌溉了他们的家园的时候,我见到了西班牙画家加斯特劳的画册。我们同胞的哀号和地中海畔诗之国土上的呻吟响成了一片。我们眼前出现了

汪洋的血海。那许多无辜者的血！然而这血海开始怒吼了。"书由平明书店出版，同年7月再版。1940年7月，巴金又为平明书店编辑出版了画家的另一作品《西班牙的苦难》。在这前后还为西班牙画家幸门出版了画册《西班牙的曙光》和《西班牙的黎明》。这些平明版的书全由文化生活出版社代售，有的仅印千册，甚至只有数百册，实为巴金自掏腰包印行。他在《西班牙的血》序里表示，他编印这些书的目的是"献给我的酷爱自由的同胞，让他们在西班牙的血里看见他们自己的血"。意在动员人们把反抗的利剑刺向万恶的日本法西斯。如今这些值得珍视的版本早已绝版多年，我也一本无存。1988年10月24日上午我到武康路看望巴老，发现客厅书橱内《西班牙的血》有复本，机不可失，即厚颜向巴老讨了一册。巴老一边川味极浓地说"送把你，送把你"，一边还签名留念，那已是1949年1月的印本了。

2005年10月，上海社会科学出版社为了纪念世界反法西斯战争胜利六十周年、中国人民抗日战争胜利六十周年，出版了《巴金选编配文反法西斯画册四种》，巴金的老弟李济生兄作跋，他签名送我一册，我感到无比的满足，好像看到巴老也在身旁微笑了。正如上海巴金研究会在本书"出版说明"中所说，此书的出版"为了让人们铭记那段苦难的岁月，弘扬一种不屈的斗争精神，同时也展示了巴金等中国知识分子在世界反法西斯战争中克服种种困难、坚守文化岗位所做出的不凡劳绩"。

一切反法西斯的人民战争都是不朽的,一切反法西斯的优秀文学作品也是值得后人永远铭记的。

  附记:拙文草成后,经查中国作家翻译的有关西班牙内战的文艺作品尚有 1937 年 6 月上海北雁出版社李兰译的《在西班牙火线上》,以及 1942 年 4 月在桂林诗创造社黄药眠译的《西班牙诗歌选译》,原书难见,特补记如上。

2014 年 10 月

《书评研究》余话

萧乾著的《书评研究》，1935年11月由上海商务印书馆出版。20世纪60年代初，此书我购自北京东安市场的旧书摊，这是萧乾在燕京大学新闻系读书时写的毕业论文。他走出校门后，到了天津《大公报》编文艺副刊，正好可以实践他的书评研究计划。1989年4月，人民日报出版社重印了此书，更名为《书评面面观》。为了得窥全貌，编者李辉事先征得了作者的同意，增补了"作家、书评家、读者谈书评"（包括叶圣陶、沈从文、巴金等当年写的有关文章）和"萧乾编发书评选萃"（包括李健吾、杨刚、巴金等写的书评），两者均收自战前萧乾主编的天津《大公报》文艺副刊。萧乾还为这个新印本写了《未完成的梦》作为"代序"。这样就形成了本书的一大特点，比较完整地保存了一段早已被人遗忘了的新文学研究史料。

巴金先生热情支持了当年萧乾开展的书评工作。他不仅促进了曹禺的处女作《雷雨》的问世，在曹禺的新作《日出》发表后，他无法掩饰内心的喜悦，很快给萧乾写了书评《雄壮的景象》，赞誉《日出》"和《阿Q正传》《子夜》一样是新文学运动中最好的收获"。巴金提出《日出》可以和鲁迅、茅盾的代表作齐名并列，这显然是一种卓识远见，对于刚刚走上文坛的青年作家曹禺来说更是非同寻常的殊荣。就在这篇文章中，巴金也没有忘记说"我是第一个喜欢《雷雨》的人"，立场鲜明地表达了他对新文学发展的前途充满了信心和希望，同时也可以看出，在两个名剧中，巴金似乎更加看重《日出》。直到晚年，曹禺也没有忘记，是巴金把自己引进了文坛，彼此保持了终生的纯真友谊。

近日偶翻此书，又重温了前辈作家们提倡书评的一片苦心。几十年过去了，书评工作仍有待后人的继续努力。

2016 年 4 月

巴金与曹禺的友情

巴金与曹禺数十年间的友谊,是个说不尽的话题。从战前巴金初读曹禺的《雷雨》手稿,直到20世纪80年代他每次北来,曹禺总要一日数见巴金,并长时间逗留在巴金的旅舍里,哪怕是与老友一起逛一逛东安市场,彼此也非常愉快。

进入90年代以来,他们却经常住在医院里。1991年夏天,我往华东医院去看巴老,谈及曹禺,老人不禁感伤地跟我说:"他躺在北京的医院里,有两年了吧。曹禺很想见我,我也很想见他。可是现在这个样子,我们俩都行动不方便,恐怕很难了。"讲到曹禺未完成的剧作《桥》,巴老说:"我一直劝他抓紧时间完成它……"沉默许久,我才答非所问地说:"你们两位可以利用录音带来互相交谈。"巴老依然沉默不语。

隔了很久,在第二年的春天,黄宗江兄去看曹禺,偶然同他讲到我写的巴金访问记中说过的上面那段话,曹禺一定要看看，我只好把剪报寄到曹禺的病房，并说明不必退还。没过几天，便收到他3月25日写的短简和附件，信上说："奉上您寄来您看望巴老后写的文章剪报，十分高兴。"对巴老的几句话，他竟如此看重，我很意外。因又想起1981年我请他写一篇响应巴老建议建立中国现代文学馆的事，当时他的态度分外认真，甚至过分敏感，也超出了我的想象。

当时我还请了冰心、臧克家、孔罗荪、唐弢诸位写了响应文章，分别在《人民日报》副刊上发表。曹禺很快便寄来一篇千字文，没有标题，因是书信体，我代拟了《致巴金——响应建立中国现代文学馆》作标题。他3月26日来信，郑重提出了标题不当，理由是："题目十分狂妄。也不切题。"他提出保留副题，标题可改为《一封信》。我看了十分惶恐，一方面为他如此尊重巴老的感情而钦佩；另一方面也为自己无意间"伤害"了巴老而失悔。信中还嘱我不要改动文中如下一句："我们的时代是一个出李、杜、出关汉卿、出曹雪芹、出鲁迅的时代。"因为"四个'出'字有劲，请勿删去。名字系按时代前后排的，请勿颠倒"。曹禺先生的意见，我当然尊重，只是想了想：《致巴金》怎么就会伤害了巴老或不切题呢，又想到他是否太小心谨慎了，当年这位戏剧大师的笔墨天马行空，有雷霆万钧之势，可以震撼人心，为什么如今这般拘谨而顾虑重重。我在电话中告诉曹先生标题照改，并说明我也是在发稿时临时拟定的标题，不一定好。但，同时也解释《致巴金》似乎并无不尊重巴老之意，《一封信》不如《致巴金》更明确。没想到曹先生又犹疑不定起来，变得很好说话，像是一位从善如流的宽厚前辈，马上同意了我的意见，见报时还是用了《致巴金》的标题。这个细节，让我想到曹禺先生的确过于谨慎，也谦虚过分了。我与曹禺先生往来不多，对他的性格了解不深。最早的接触是在1961年6月1日儿童节，我请他给我们副刊写了一首应景的诗歌《谁活在我们心当中》。那时他住在铁狮子胡同的戏剧学院宿舍，离我住的东四十条报社宿舍很近，我是去他家里取的稿。当时他也一再声明，如有改动，万勿客气。我联想到，解放初期他修改《雷雨》的失败教训，可能就是听到过什么批评意见，疑虑之下即胆战心惊地大改特改了一番。就在这封《致巴金》的信中，曹禺还检讨自己没有听巴老的劝告，下决心抛开那些"记不上账的紧张生活"，多写点东西；不应该忙着干那些力不胜任的杂事，责备自己太"好热闹"了！这是在老朋友面前吐出的肺腑之言。曹禺先生晚年的创作不多，有限的作品也没有像当年那样放出异彩，原因是多方面的。太"好热闹"，的确耽误了自己的创作时间。

80年代中期，曹禺先生又说："解放后，总是搞运动，从批判《武训传》开始，运动没有中断过。虽然，我没当上右派，但也是把我的心弄得都不敢跳动了。做人真是难啊……"（见梁秉堃《曹禺老师的心事》，载1998年9月3日《读书人报》）曹禺被政治运动吓得连心都不敢跳动了，哪里还有心情创作。他不是不想写，怕是被吓得不敢动笔了。

曹禺创作上的痛苦和矛盾深为人们同情，而巴金让他多写点东西的劝告，不是也应该让我们时时深记吗。

"平明"书事

我真是后知后觉,早就听人说,现在去逛旧书店,连20世纪50年代出版的书亦已难见,更不要讲民国间的版本了。

对此,我曾经半信半疑。我一向以为建国后出版的书量大,举手可得。其实我所熟悉的书肆风景早已大变。最近读了几篇书话,专讲建国初期的文艺版本,说明早已有人深入这段历史,并取得了研究成果。

20世纪50年代初正处于大变革的时代,上海当时仍保持着出版中心的规模,除国营出版机构外,原有的民间出版社还可以继续出书,允许新办私营出版社。李采臣办的平明出版社即成立于50年代初。此时赵家璧办的晨光出版公司印书依然活跃,钱君匋办的万叶书店偏重音乐书刊的出版,棠棣出版社专攻古典文学读物,泥土社出版了"七月"派作家的作品,平明出版社则以文学创作和翻译世界文学名著为主。从平明出版社的出书范围和作者的名单来看，很容易让人联想到巴金办文化生活出版社的风格。这是一个很有趣的话题。

人们产生这种联想亦非偶然，因为此时巴金正式脱离了文化生活出版社，辞去了总编辑的职务，继而担任了平明出版社的总编辑。他不仅把自己的著译交由平明出版，社内的出版方针大计，也都亲加指导。如他设计的"新译文丛刊"和"文学译林"等丛书，都含有文化生活出版社的一些特点和成功经验。

平明出版社存在的时间不算长，不久便公私合营，被并入了新文艺出版社。几年中出版的书却不少，其中当以巴金的著译影响最大。此外，1951年出版萧乾的报告文学《土地回老家》（后有英、俄译本），1952年出版梅兰芳的《舞台生活四十年》，以及李健吾当时译的《屠格涅夫戏剧集》三本等，都在读书界引起重视和好评。

值得一提的是黄裳和潘际坰还为平明合编了一套"新时代文丛"，遗憾的是我只存其中唐弢的《可爱的时代》和《向鲁迅学习》，还有魏泯的散文《老戏剧家王瑶卿及其他》，以及王瑶的《鲁迅与中国文学》和《中国文学论丛》。靳以的散文集《祖国——我的母亲》，似乎也在这套"文丛"中。这既反映了友情的支援，也显示出当时文苑的热烈气氛。我以为平明出版社的这段历史，在巴金的研究和传记中都是不可忽视的，可谈的题目很多。

《老戏剧家王瑶卿及其他》出版于1953年6月,作者魏泯,即报人谢蔚明。薄薄的只有六十八页,名副其实地求小不贪大,这也是文化生活出版社的一贯做法。书内共收访问王瑶卿、尚和玉、刘喜奎三位老艺人的笔记,另附周信芳写的一篇《我所知道的刘喜奎》。这书是作者担任《文汇报》驻北京记者时的作品。可惜在他生前,我们没有就此互相交谈过。印象最深的是他讲王瑶卿反对谈派别,以为演员墨守成法只能限制天才的发展,梅尚程荀正是由于不讲派别才诞生出四大名旦来。又说周恩来在北京饭店的一次宴席上,越过多桌客人,专门走到刘喜奎面前敬酒,并讲当年他在天津南开中学读书时就看过她的戏。这都是谢兄亲历的现场记录,别人没有说过。

对于黄裳和潘际坰合编"新时代文丛"的前因后果,我也很感兴趣,不知为何两位仁兄从未道及,难道认为多一事不如少一事,我甚至怀疑谢兄是否也参与其事,"文丛"又一共出版了若干种,因向黄兄求教。

1989年7月26日黄裳来函,顺便回答了我的提问:

> 我与际坰编"新时代文丛"大约一共出了二十本左右,我一本都没有了。老谢未参预,不记得有王瑶卿一种。怪事。

看了信，我感到有点意外。自己编书二十本，如今竟一本也不存，甚至连书名都忘记了，岂不悲哀。对此，黄兄只淡淡地用"怪事"二字来安慰自己，好像带有欲说无言的意味。如此美好的一段故事，怎能就此了结。

往事难追，疑问犹在，我又该向谁去讨个明白呢。

2013 年 1 月

《家书》何罪？

1994年年底，李小林编的巴金、萧珊书信集《家书》出版的时候，我正在美国洛杉矶探亲。有天夜里，我和儿子一家去青年钢琴家孔祥东的新居作客，看他的房子、花园，吃自助餐，听他弹琴，过了一个愉快的夜晚。但有一件事却让我挂在心上，老想着他书柜里那本有巴金签名的《家书》，我早就盼着看这本书了！到底我没好意思开口借，因为这是刚从上海带回的新书，他正在看。

我问祥东何以与巴老相熟，他说小林的女儿端端曾经跟他学过琴。这位年轻的钢琴家也热爱文学，喜欢读巴金的书。

四个月后我回到国内，急不可待地找到《家书》，一口气读完了。我之所以急于吞下这书，并没有偷窥癖（我相信巴老的私信里也没有什么神秘可言），不过想多知道一点他的日常生活而已。这个愿望得到了满足，但意外的收获更多。我敢说每一位热爱巴金作品的人都应该读一遍《家书》，而且都会承认这是表现两位作者人格和心灵的一本美好的书，似乎比看巴老的画册和有关的传记更能接近巴老的心。

这三百八十余封书信，在"文革"中曾被"造反派"们劫掠而去，但终于有幸保存了下来。这不是出于那些人的有意保护，而是作为"罪证"保存下来的。现在公之于世，倒让后人了解了在那个既可怖又荒谬的年代，是非是怎样地被颠倒，善良和邪恶是怎样地被歪曲。从这个意义上说，《家书》的出版，也是对"文革"的一个批判，富有现实的教育意义。当然，这对于已逝的萧珊也是个最好的纪念，让所有认识和不认识她的读者，都可以感受到这位知识女性善良的人格。

萧珊同巴老一样，也是一位不拿国家工资而为公家做事的人。她是一位文学翻译家，在上海作家协会上班，义务看稿、组稿、编稿，像正式工作人员那样严格要求自己。当"文革"风暴刚刚袭来时，她在机关看完大字报后还写信告诉巴金："自然牵涉你，我的也有（我们身上难免不带有旧世界种种痕迹），但是我们一定能在斗争中逐步改造我们的世界观，让我们互相促进吧！"（见1966年6月3日信）这同巴老在当时主动检查自己的思想，并认为自己"有罪"是一致的。多么善良的一对夫妻啊。他们怎么会想到这是史无前例的一场民族浩劫！当暴徒们抢掠这部《家书》原件时，好心的萧珊还天真地向那些恶人求情，说这是私人信件，要求保留。得到的却是对方的恶语伤人：年纪这么大还要写这样"肉麻"的"情书"，"不要脸"！这对萧珊的污辱和打击太大了。据小林回忆，母亲事后对她讲时仍然十分激愤和痛苦。

如果家书即是情书又有何罪，哪国的法律有不准人民写情书的条文！至于说"肉麻"，凡是读这本《家书》的，能找出一字一句吗，我不认识萧珊，但早就听说过，平时她对巴老习惯于叫"李先生"，家人和熟朋友们都觉得非常亲切、自然。在书信中萧珊也总称"李先生""巴先生"，个别的时候用了意味隽永的"亲爱的朋友"，难道这就是"肉麻"！而巴老呢，他更是个重感情的人，我从《家书》的字里行间看到他对妻子最深沉的爱，用的却是平实朴素的语言，也是最为动人的话，如："我们在梦里见面吧。""每次分别心里总充满着怀念。""无论到什么地方，我总会记着你。"……这样的感情不是很纯洁神圣吗？"造反派"们在原信上打了很多红杠杠和各种记号，真不知道这些人怎么会产生那种邪恶的感情，究竟是谁"不要脸"呢？

在《家书》里，我们可以看到巴金怎样地爱书买书。他每次到北京开会，忘不了顺便买新书、旧书，常常写信回上海向萧珊讨钱。如1957年6月25日信中说："蕴珍：我买了几部书，手边没有钱，请你给我汇六百元来。"隔了一天又写信说明："前天寄出一信，要你为我汇六百元来。我要买两部书，价钱尚未讲好。可能很贵，所以需要钱。这两部书太好了。"萧珊怎么会不理解巴老爱书心切，马上寄了钱。1958 年 1 月 27 日巴金又在北京写信："我买了几部旧书，钱不够，欠了债，这里旧书售价太贵。"萧珊在 1 月 30 日即寄出三百元，也就是说她收到信的当天即赴邮局寄钱。

信中还有谈及钱的事，都是夫妻俩商量怎样帮助亲戚和朋友的事。有时，萧珊做主送钱给朋友，事后报告巴老："能帮助人总是愉快的事。"有时萧珊让巴老在北京给孩子买点礼物回来，也忘不了嘱咐同时给已故朋友的子女买一份。这让我联想起他们夫妇对作家靳以、马宗融、索非等人的子女长期的照顾。巴金给萧珊的信中也有不少类似的嘱告："这个月底请给大嫂汇二十万元（旧币。作者注）去作过年用吧。静远太太那里也想汇点钱去。"夫妻俩不谈怎么聚财敛钱，只想到散财帮助他人，而他们又不是有固定收入和享受各种劳保福利的人！

只有一次，夫妻俩意见不一致。那是人民文学出版社为出版《巴金文集》寄来出版合同，每千字付稿酬十元。萧珊代签了合同，因为这稿酬的标准并不算高，所以比较有把握地写信告诉巴老："你自然不会有不同的意见。"（见 1958 年 9 月 28 日信）没想到巴老接连两次来信，请萧珊把合同中的稿酬"千字十元"，改为"千字八元"。

作家中主动降低稿酬的还有吗，反正我知道的只有巴金。

我从《家书》里还看到巴金、萧珊对子女的爱，特别是在萧珊身上表现出的那种温柔的母性和无私精神，更感到她具有我国妇女的传统美德。小林和小棠应该以有这样的父母而感到幸福和骄傲。

我不认为这部《家书》仅仅对于研究巴金和现当代文学的人有用，这是一本可以启迪人们的良知和美感的书，一本美丽而又温馨的书。

1986 年秋

《简·爱》跋语

立民同志约我为《点滴》投稿,近日无所作,愿把本来属于巴金藏书的两册《简·爱》,献给巴金故居保存,亦算是物归原主吧。因作小跋加以说明。

《简·爱》是李霁野翻译的英国夏洛蒂·勃朗特的世界文学名著,1936年由郑

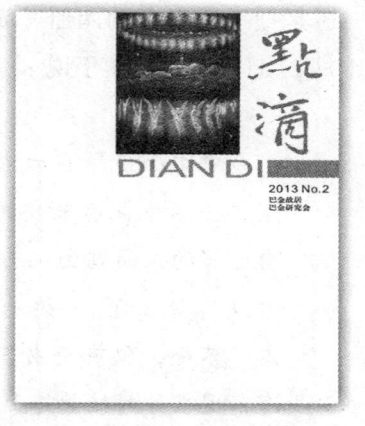

振铎编入"世界文库"的单行本,在上海生活书店初版。抗战期间的1945年1月,巴金在重庆文化生活出版社把它纳入"译文丛书"中,分别为上、中、下三册出版,保持了土纸本的特点,一册还是毛边。上册出版半年后,中册于同年7月出版,下册出版的时间不详,因已缺失。

这部残缺的名著怎么会落入我的手中?这就不难引

出巴老与老编辑黎丁的一段友谊。原来他们结识于抗战时期的桂林，那时黎丁编报、写书，活跃于文艺界，他还办了一个皮包出版社，为作家们出书。抗战胜利后，黎丁在光明日报编副刊，与巴老彼此始终保持着联系。巴老每次到京，总要和老友见上一面。即便在"四人帮"没有倒台的时候，他们也没断了联系。大概黎丁也出于文化的饥渴吧，他天真地想到巴金的藏书多，竟然忘记了老友的书被抄被封，早已两手空空。尽管如此，巴老还是把手边尚存的两册《简·爱》送给老友。1975年7月27日巴老致信黎丁说：

> 中文小说等在六六年到六八年间被附近学生拿去不少，后来我的孩子们也拿去一些（我自己写的东西则由机关取去作批判用）。现在手边没有什么了。《简·爱》只有两册重庆旧印本，不全，仅有全书三分之二，别的版本我没有，现在另封挂号寄上，请查收。

写完信，包好书，巴老又一步步地走到邮局去寄书。

晚年的巴老才把劫余的存书细加分类，分别赠给京沪图书馆，和福建的黎明学园。一次，我与黎丁交谈，他很得意地说，他学习巴老，也把自己的藏书送给故乡福建的黎明学园。年纪大了，跑邮局不便，只能一小包一小包地寄出。又说:"巴金送我的两本《简·爱》,不全,还是送给你最合适。"我愉快地接受了。

《简·爱》的中册,装订处有些松散,已用不显眼的白线细心地修好,不认真的话看不出。

我在想:是巴老亲手穿针引线装补的吗?

2013 年 2 月

关于徐成时
——致《点滴》编者周立民

立民同志：

巴老在"文革"中为徐成时（1922—2010）写的外调材料保持了实事求是的品格，徐学兄回忆巴老的文章《天末怀李先生》不仅未及修改，似乎也是未竟之作。他对巴老是有感情的。晚年他到医院看望巴老，一见巴老失语的病态，出门后即失声大哭，这是他亲口对我说的。我曾多次动员他写回忆巴老的文章，李济生兄也动员他写。有一次，可能是《文艺报》，登了他与巴金、李健吾三人的合影，却没有他的名字，很多人都不熟悉他，我曾借此劝他动笔。1939年他就结识了巴金，他是有东西可写的。

1950年北京新闻学校招生时，分别在北京、上海、广州设了三个考区，限定学历是大学两年以上，因此很多同学都是大学毕业生。徐兄年龄较大，当时我们便知道他抗战时，从沦陷了的上海到了重庆，在昆明炮兵训练营担任过翻译官，跟美国官兵一起工作生活。战后回到上海，他翻译过屠格涅夫、高尔基的作品，到校前已经在巴金主持的平明出版社出版过翻译文学作品。我手边即存有他译的高尔基著《和列宁相处的日子》，1949年版，正是巴金主编的"新译文丛刊"中的一种。学校抗美援朝动员大会后，他不仅报名上前线，还把他多年的积蓄和稿费共旧币一千万元全部捐献出来，支援志愿军，受到学校表扬，在校刊小报《新闻学习》上亦有记载。我们一直视他为一名忠诚爱国的老大哥。

1951年夏，他毕业后分配到新华社国际部工作，与诗人杜运燮、董乐山等一起从事《参考资料》的编译工作，隐姓埋名，默默无闻，一干就是几十年。他曾跟我开玩笑地说："我已卖身给新华社了。"

退休以后，我们见面的机会似乎更多了，主要是徐兄热衷于校友聚会，特别是久别的外地同学到京，他必热心张罗。我们仍视他为心地善良，性情温和的老大哥。

每次见面，我们常常谈起巴金。他每到上海探亲，必然去看巴金先生，谦虚的巴老有时还请他过目一些英文译稿。1996年10月我与徐兄在上海相遇，他比我早到上海几天，已到杭州看过巴金先生，动员我也跑一趟杭州。我听徐学兄的，第二天早晨便出发，在湖边见到了巴老，当天黄昏便赶回上海。

徐兄是一位要求自己很严格的人,如果健在的话,该是年过九旬了。文章写不出,仅介绍简况如上。

匆祝

近安!

姜德明
2013 年 11 月

走近巴金

《巴金全集》第25、26两卷收有《赴朝日记》《成都日记》《上海日记》《"文革"后日记》等。在这之前,四川的出版社曾经与巴老约好出版这些日记,可巴老后来想到这原本是备忘录,写给自己看的,因此未能问世。

"文革"中巴金也写过日记,但被"造反派"没收了。当时他连写日记的权利也没有。因此,《巴金全集》中的这两卷日记弥足珍贵,尽管巴老说那是为他个人服务的,我们读过之后还是贴近了他的生活,贴近了他的心。

我看的是从1977年5月开始到1982年4月结束的《"文革"后日记》,那时巴老已74岁了,日记结束时是79岁。名副其实地是一部老人的日记。可从日记里,我们仍然感到巴老的心是年轻的,这日记某种程度上似乎是个普通人纯朴无华的生活记录。

从日记里我们可以了解到巴老同我们一样,每天都有一些烦琐的日常生活，比如他要取牛奶，交奶费，跑银行取钱，去邮局寄书，到商店买电池及沙发上的席垫，甚至给儿子小棠去买面包，陪外孙女端端去买练习本。在1977年10月16日记载："八点半到新店购竹书架一个，自己扛回家。"巴老爱书，也少不了书架。一位74岁的文弱老人，肩扛书架走在武康路上，这是我们平日无法得见的镜头。可惜我不是画家，这是多么美好的一个画面，尤其是在那新秋的早晨。

巴老爱看电影、电视。为了看电影，有一天同妹妹上午看完一场，中午顾不得回家吃饭，随便在外边吃了点蛋糕，又赶了下午的一场。每天晚上，他几乎都在家里看电视，看了《天云山传奇》感慨良深；看了《啊，摇篮》说好。我还发现每有京剧，巴老总是看到终场，例如张君秋的《望江亭》，还有关肃霜的戏，他都看。到底还是更爱川戏，没有忘记在日记里写下"满意"二字。老人整天忙着开会、接待客人、阅读和写作，理应让他晚上休息、娱乐一会儿。1977年12月21日记载："晚饭后看电视节目，接连几个相声，我大笑不止。"我多么希望电视台多放点相声。可是从日记里看，看完电视以后，他上楼又开始写作、校稿，或给朋友和陌生的读者写信，包书了。1977年12月31日，岁尾之夜，他看电视到十一点，上楼后："包书到十二点半。即睡。"第二天元旦，他又包书到夜间十二点。1月4日包书到十二点半。

1月5日:"十点后继续包书。"一点前睡。我可以作证,巴老每次寄赠我的书都是他亲自包扎,填写姓名、地址,并送往邮局办理手续的。所有接到过他赠书的人都不应该忘记老人深夜工作的情景。

巴金是位热爱劳动的人,这不仅表现在他写作的热情上,那真是废寝忘食地忘我工作,而且从日记里看,在日常生活中,他也是个勤劳的人,赶上暴雨,如1979年4月11日记载:"五点后上楼拖地板,用足盆接雨滴。"到北京开会,住在宾馆里也是自己洗衬衣。平时整理书架,或搬运藏书到汽车间去,往返还要通过院子,都不是轻松的活儿。1980年6月19日记载:"下午整理抽屉。晚上看了电视新闻。继续整理抽屉,太乱了!十一点半后睡。"我们大概也有过整理抽屉时的那种狼狈相吧。1981年6月,巴老差两年即八十周岁了,4日夜记:"晚上看电视,包书,十一点半后睡。"第二天记:"上午去天平路邮局寄书,感到疲劳。"可是第三天又记:"上午去天平路邮局汇款、寄书。"这年年底日记的最后一行写着:"疲劳,希望得到休息。"这几个字真是意味深长,令人心疼。

最让我感动的还是巴老对家人、朋友和读者的那种真挚的感情。那是女儿、女婿还在杭州工作的时候,日记里记载:"八点三刻小祝、小林离家去车站,搭车返杭,因师大教师在,不能送他们到淮海中路口。"(见

《巴金全集》26卷252页）如果不是早晨八点一刻即有不速之客来访，父亲又照例送女儿、女婿到公共电车站了。

巴金与曹禺的友谊保持了数十年，1978年8月，巴金来北京开会，老友相聚几日。18日那天下午2点闭会后，"乘家宝车去和平宾馆找罗荪，未在。我们到百货大楼、东风市场逛到五点半。多年没有同家宝这样闲逛了，感到痛快，也关心他的健康。"巴金需要友情，渴望友情，却先把温暖带给了别人。当罗荪决定调往北京工作，即将离开上海时，巴老那种依依不舍的感情令我感动。那是1978年4月23日，上午罗荪先来话别，"下午两点半后去罗荪处……六点前告辞回家，罗荪送到弄堂门口，我回顾四次，颇感留恋，他明天中午上车。"特别记下回首四次望故友，我相信巴老是迈着沉重的脚步回家的。后来罗荪同志病了，我每次到上海，巴老总要问起罗荪，让我代为问候。有一次，我未能分身前去罗家，写了一封信转致巴老的关切。罗荪同志请周玉屏同志代写一封回信给我。这封信还留在我手边，可他们夫妇却先后离我们而去了。

两卷四部日记，我只看了其中的一部。为了让我们更走近这位可敬可爱的老人，我乐于向读者推荐巴老这部书。我们需要的不正是生活中的真诚、纯朴和平凡吗！

1997年8月

《十年一梦》增订本编后附记

1986年夏,我征得巴金同志的同意,从他的《随想录》《探索集》《真话集》《病中集》《无题集》中选编了一本《十年一梦》,由人民日报出版社出版。内容以提倡说真话,批判"文革"和严格解剖自己为主。限于当时编辑体例和字数的要求,仅得66篇,且以杂文为主。当然,入选的篇目和书名,事先都得到了巴老的认可。这书自1986年11月问世之后,读者反映强烈,很快增印了一次,印数都达到数万册之多。

现在,巴老的新作《再思录》已经与读者见面了,出版社恰好有重印《十年一梦》的计划,而且不再受原先丛书体例和字数的限制,我便从以上六本书中重新编成这一增订本,共得100篇。编选原则未变,又多收了与内容相关的若干篇重要散文,如怀念萧珊、老舍、丰子恺、满涛、胡风等文章。

近来,巴金同志一直卧病在床,承他同意出版增订本，并过目了增选的篇目。特别值得感谢并令人感动的是，出版社希望巴老为增订本写几句话，哪怕几十个字亦好，我于无奈中转达了这一要求，不想巴老在这炎热的夏天，竟不声不响地艰难握笔，在某天的午睡之后写成这篇精粹的序言，为增订本《十年一梦》增添了新的意义。

巴金同志的心里无时不挂念着他的读者。我相信每一个热爱巴金作品的人，都会从这里感受到他对祖国和人民的那种忠诚和坚贞！

1995 年 7 月 14 日

巴金致姜德明书信

(1977.9—1992.3)

100733

北京
人民日报社 文艺部

姜德明同志

上海武康路113号带甘
200731

航空
BY AIR MAIL

1. "不能像十一二年前那样熬夜了"

（1977年9月24日）

770924①

德明同志：

信收到。谢谢您寄来的几本资料。②

你们要文章，我应该写，将来一定会写。最近比较忙，其他方面的活动较多，身体有点吃不消，不能像十一二年前那样熬夜了，因此写不出文章来。但是您对我的鼓励③，我很感激。倘使身体较好些，时间宽裕些，能写出一两篇文章，一定寄给您看看。

见到夏景凡，请代我问候他。他能够回到人民日报，那太好了。

---

① 这是书信编号，本书巴金致姜德明书信手迹（图版）部分，图版编号与书信编号相一致，以便互相查对。

② 寄的什么资料忘记了。粉碎"四人帮"前后，我们编印过鲁迅的杂文、书信和《阿Q正传》；陈伯达的一些文章资料和揭露"四人帮"的漫画集等，都是报社内部印的非卖品。

③ 面对这位文学巨人，何须我的"鼓励"？我想，我一定像少年时代初读他作品的时候一样，对他劫后发表的第一篇作品《一封信》，说了些傻话，幼稚的话，然而也是真诚的话。

总之，写文章的事，我一定记住。别的话下次再谈。

此致

敬礼！

巴金　九月二十四

2. "我的小说还是摆脱不了老调，又嫌长了些。"

（1977年11月5日）

771105

德明同志：

信收到了，谢谢您寄来的三本书。

我的小说①还是摆脱不了老调，又嫌长了些。这个毛病难改。但以后还想多写一点。只是最近身体较差，经常感到疲劳，事情又多，一两月内大约写不了文章。以后倘能写出像样的短文，当寄给你们审阅，请勿念。

《家》的重印后记在《人民日报》发表，我当然同意。人文社②的同志也有信来谈起三篇后记一起发表的

---

① 指载于1977年10月《上海文艺》的短篇小说《杨林同志》。这篇小说仍然保持了作者对生活的热情，我在和他通信中讲到了这一点。

② 指人民文学出版社。由于命运的安排，我当了报纸文艺副刊的编辑，因此便有责任代表读者去催请作家们写稿。这篇后记发表于1977年11月13日的《人民日报》副刊。

事，我已复信赞成，他们会把原稿送交你们。
　　祝
好！

　　　　　　　　　　　　　　　巴金　五日

3. "我的记忆力逐渐衰退,幸好感情未变,因此还想写小说,也想写散文。"

(1978年4月1日)

780401

德明同志:

信和书都收到。书过几天挂号寄还。①

《处女地》后记你们想发表,我无意见。不过书已出版,是否还需要发表后记,请考虑。如发表,我不写什么,只改动两句。此外"编者附记"中"又根据俄文原本重新译过"一句"俄文原本"四字后请加上九个字:"和两种完善的英译本"。

我这次在北京上车时患了感冒,嗓子哑了。返沪后在家休息了将近两星期,现在基本上好了。

近几个月来事情多,生活忙乱,想写文章,却无法动笔,现在要紧的事是把赫尔岑著作的第二部改好交出去;还有一本《父与子》也要在五月中改好完稿。我的

---

① 指台湾高雄大业书局于1955年4月出版的孙陵著《文坛交游录》,书中写到巴金。

记忆力逐渐衰退,幸好感情未变,因此还想写小说,也想写散文。

你们印的《古诗文成语典故选》①如有存书,我想讨两册。

匆复。祝

好!

巴金　四月一日

---

① 这也是我们内部印的一本书。

4. "纪念朱洗的文章总有一天会完成的"

（1978 年 5 月 18 日）

780518

德明同志：

您寄来的书都收到了，谢谢。

您提起朱洗[1]的名字，我的确想写一篇纪念他的文章。但一直没有时间写。我现在写文章只能慢慢写，没有充足的时间，什么也写不出。纪念朱洗的文章总有一天会完成的，写出来会先寄给您看看。我一直在为时间奋斗。

《鲁迅书信新集》[2]能否再寄两本给我，我已答应寄一册给黄源。

祝

好！

巴金　十八日

---

[1] 朱洗，已故生物学家。当年他在上海文化生活出版社出版了"现代生物学丛书"，即《重男轻女》《蛋生人与人生蛋》等。

[2] 继 1976 年 8 月人民文学出版社正式出版《鲁迅书信集》后，至 1978 年又陆续发现鲁迅书信若干封。我们汇集了 49 封鲁迅的信于 1978 年 4 月内部印行，并请茅盾同志题了书签。

袁鹰同志赴朝鲜访问,夏景凡同志怎样?身体好吗?

5. "我打算写几篇散文,却一直没有时间动笔,我也着急啊!"

(1978年6月22日)

780622

德明同志:

电报早收到。文章无法写,请原谅。电报到时,我正在为《文艺报》写悼念郭老的短文①,那是罗荪来电话要我写的。我就只写了这一篇。我最近在检查身体,社会活动还是不少,无法定下心来写文章。郭老突然离开我们,我有一种茫然的感觉,拿起笔不知道从哪里写起,又没有从容思索的时间,因此不能应命了。再一次请您原谅。我打算写几篇散文,却一直没有时间动笔,我也着急啊!

匆复。祝

好!

巴金 六月二十二日

请代问候景凡同志。

---

① 载1978年7月15日第一期《文艺报》,题为:《永远向他学习——悼念郭沫若同志》。

德明同志：

电报早收到，文章无法写，请原谅，电报到时我正发烧，又得了慢性气管炎，那几天很不"好受"，那么长的文章是写不出来的，电话里面要写一段话我看连这也做不到。

病一直没有好，身体也没有恢复过来，讲话声音还高不了，我们一家有一种奇怪的感冒，至今还没有彻底痊愈，而且又没有充足的时间，所以又拖了下来，再三考虑，因此不能应命，再一次请原谅。我听你讲的几篇散文，一直没有时间细读，我也看老晚，每天忙乱。

好

祝你们好，学习好。

巴金 二月二日

6. 关于"文学丛刊"等书籍的封面设计

（1978年9月8日）

780908

德明同志：

两封信都收到。没有能早写回信，请原谅。文章还是想写，但没有时间。最近准备写几篇后记，要看看书。

您问起文学丛刊及小丛刊、文季丛书①的封面的事，分别答复如下：

文学丛刊是我设计，由丽尼修改决定的。

小丛刊和文季丛书都是我参考《少年读物丛刊》的封面设计的。其实所谓设计也很简单。我们有两本苏联早期和旧俄书籍装帧设计的书，书上有不少封面设计图样。《少读丛刊》的图样就是从那书上挑选的。我编的两本丛刊的封面图样也是从那书上挑出来制版的。《烽火》小丛书是我设计的。字是请钱君匋写的，图是从别的书

---

① 从1935年11月，到1949年6月，巴金主编的"文学丛刊"共出10集，每集16册。"文学小丛刊"从1939年4月到1948年6月，由巴金主编，共出3集，共17册。"文季丛书"从1939年4月到1949年1月，由巴金主编，共出26册。以上各书都是由文化生活出版社出版的。

上找来或者是《烽火》①上用过的图。

听说明年要开书籍装帧展览会，提倡一下，总会起促进的作用。

匆复。祝

好！

巴金　八日

请代问候景凡、袁鹰同志。

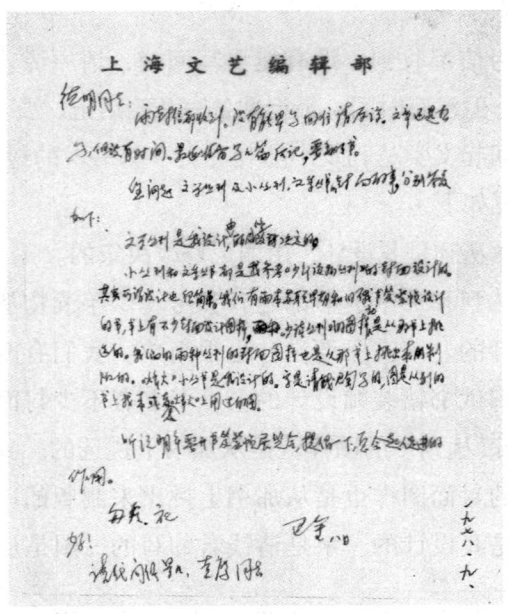

---

① 《烽火》杂志由茅盾、巴金主编，1937年8月在上海创刊，原名《呐喊》。1938年10月在广州停刊。《烽火》和"烽火小丛书"均由文化生活出版社出版。

7. "《创作回忆录》我还要写下去。"

(1978年9月30日)

780930

德明同志:

两信收到,谢谢您的关心。《创作回忆录》我还要写下去。那篇文章①在香港发表后,暨南大学负责同志也看到,对丽尼善后问题的安排可能起了一点作用。

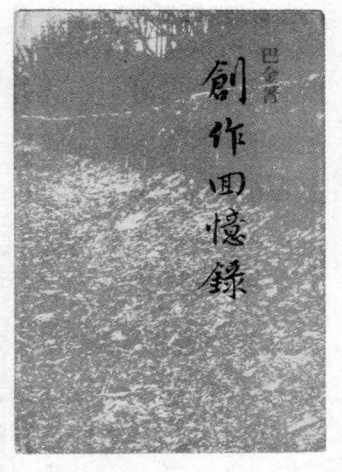

后记写了三篇,《往事与随想》的后记已经给杜宣的女儿拿到《吉林文艺》去了。另外两篇,一是为《父与子》译本,二是为我的《选集》写的,值不得发表,因此没有给您。明年我争取多写。

《怀念》,一九四七年由上海开明书店出版,是一本

---

① 指《谈〈春天里的秋天〉》,最初在香港《文汇报》上发表。文中讲到作者同作家丽尼的友谊,以及丽尼在"文革"当中的遭遇。

薄薄的小书，后来也编在文集十卷[1]里面了。

最近我们全家感冒，最后轮到我，这两天很不舒服。再谈吧！

　　祝

好！

　　　　　　　　　　　　　　　　　　巴金　三十日

问候夏景凡同志

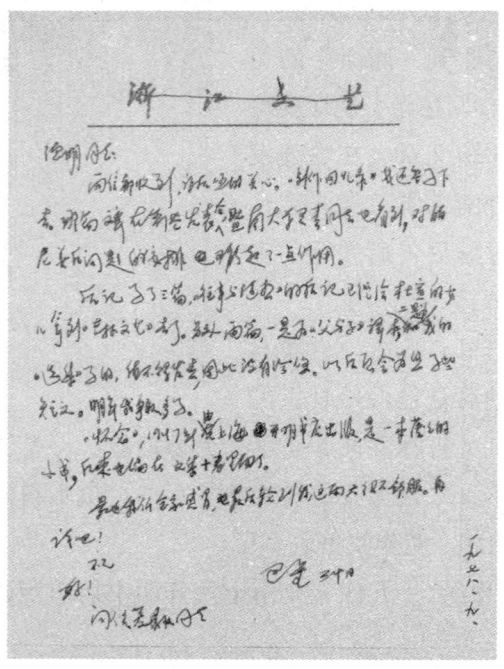

---

[1] 《巴金文集》十卷，1982年7月由四川人民出版社出版。

8. "我始终不知道我的文章给人大改了。"

(1978年12月18日)

781218

德明同志:

两信都收到,我身体不好,又忙,无法早写回信,请原谅。谢谢您寄来的"增刊"①。

我写了一篇悼念曹葆华同志的短文②,现在寄给您,请您看看是否可以发表。

茅盾的信能发表很好③。我也有一篇短文《海上的日出》④,只有四百几十个字,给改动了六十几处。据说早在六十年代初期就改了。我过去看也未看,简直不知道有这回事。上海有位教师写分析、讲解的文章,事前找

---

① 指人民日报文艺部编辑出版的《战地增刊》,后改名《大地》。双月刊。1978年8月创刊,1981年11月终刊。

② 指《一颗红心》,载于1979年《战地增刊》第一期。

③ 1978年12月9日,茅盾写信给全国通用教材编写会议中学语文组,对有人随意修改他的散文《风景谈》提出意见。这封信原拟在副刊上公开发表,后未果。主要是茅盾同志考虑到对方已作了自我批评。

④ 写于1927年,收入散文集《海行杂记》中。

我谈,写成给我看,我始终不知道我的文章给人大改了。后来无锡等校几位教师写了一篇文章提出批评,我才恍然大悟。可见我的官僚主义到了什么程度。不过那种改法也是世界上少有的。

  祝
好!

巴金　十八日

9. "您需要什么书,不妨告诉我……"

(1979年12月13日)

791213
德明同志:

三十日从北京回来,看到您的信和聂华苓寄的书①,谢谢。

在我的印象中您身体十分健康,没有想到您也会在家养病,请多多保重。②

《海的梦》我这里有,等到《随想录》或《爝火集》出版后一块儿寄给您。听说您是一个藏书家,我很高兴。您需要什么书,不妨告诉我,我可以寄给您。我的三十年散文选集③,是我女儿替我编选的,谈不到严。

---

① 萧乾同志在美国爱荷华期间,他请聂华苓寄赠巴老和我英文版《萧红评传》各一册。作者是加州的美国作家葛浩文。聂女士将书一起寄到我处,由我转寄巴老。

② 巴老这次到北京,是来参加全国第四次文代会的。我因身体不适在家里休养。

③ 即1979年12月由人民文学出版社出版的《爝火集》。收1950年至1979年作散文四十篇。我觉得作者选的作品太少了。

《二十封信》①听说由景凡寄给我，但尚未收到，请代我催问一下。

  祝

好！

巴金　十三日

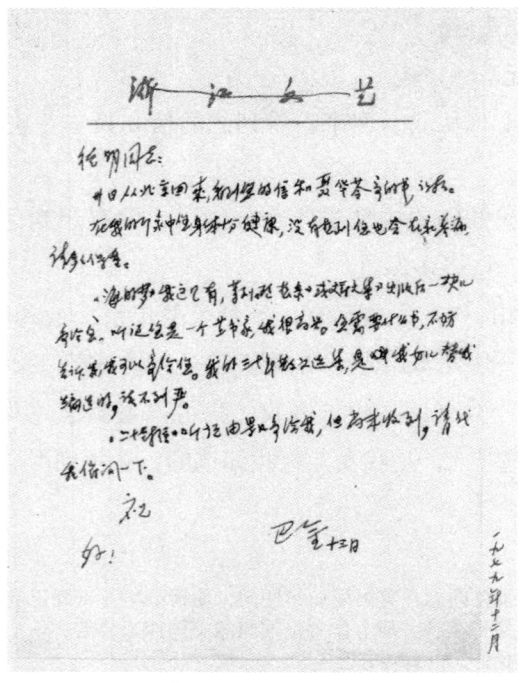

---

  ①　也是我们内部印行的一本参考书，即斯维特拉娜·阿利卢耶娃著的《致友人的二十封信》。

10. "现在写文章,只是想做个总结,算一笔账,教育后代。"

(1980年6月14日)

800614

德明同志:

信收到,谢谢您的鼓励。

您提到的信①我是读过的,但"文革"一开始我的脑子也糊涂了。现在写文章,只是想做个总结,算一笔账,教育后代。《怀念黎烈文》已给了福建的郭风了。下一篇《访问广岛》已给《收获》。以后有散文,当选一篇给您。

我托黄裳找的书是:文集第七卷和开明版《巴金短篇小说集第一集》。还想找一本开明版袖珍本《灭亡》。

---

① 此时巴老正连续发表他的《创作回忆录》,我联想到"文革"前,巴老陆续发表《谈自己的创作》,深受读者欢迎。可是姚文元之流却对之进行恶毒的批判。我愤愤不平,不能公开讲理,只好匿名给巴老写了一封信,支持他别理那些叫嚣,一定要继续写下去,当时有意未署真名,似乎这样更有代表性。事隔多年,我在通信中,向巴老公布了这一秘密,并问他当年是否见过这封信。这是我一生中写的唯一一封匿名信。巴老竟然记得这封信。

您能帮忙，甚感。余后谈。

　　祝

好！

　　　　　　　　　　　　巴金　六月十四日

11. "您喜欢书,我有些书送给您……"

(1980年7月17日)

800717

德明同志:

短篇一集①收到,非常感谢。我因发高烧在医院住了十二天,十四日出院,现在家休养,二十四日上京,在京可待五六天,但事情多,不去找你们了。八月份回来再见吧②。

您喜欢书,我有些书送给您,但现在精神不大好,包书又费力,只好等秋凉后再说了。您缺什么,不妨告诉我。

祝
好!

巴金 十七日

---

① 指1936年2月上海开明书店出版的《巴金短篇小说集》第一集。后来我才知道,巴老搜集这些绝版多年的旧书,是准备凑齐后赠送给有关部门的。

② 这次巴老将去斯德哥尔摩参加第65届国际世界语大会。

晓鸣同志：

信和书收到，非常感谢。我因参加党代表会议住了十二天，十四日回到家里休养，廿日北京，在京将住十天，但到京后不会继续你的《小朋友》来再见吧。

尼采的书请带交给小林，他拉丁文水平不太好，巴甫文也忘，只好等哪一次他再说到，继续译下去，不好早许诺。

祝好！

巴金 七月廿日

12. 关于编辑《烽火》的事

(1980年11月1日)

801101
德明同志：

信收到。《烽火》七期纪念鲁迅先生的短文①是我写的。那几期杂志是我编的。《烽火》复刊词也是我写的，当时茅公在香港编《文艺阵地》（在广州排印），他有时来广州看校样，我请他作《烽火》的发行人，还拉他去照了一张登记照。

《呐喊》是茅公编的，《呐喊》出到二期，被工部局查禁，便改名《烽火》。我还到巡捕房去办理登记手续后，他们才让《烽火》在租界里发表。我在《火》第一部第七章中描写的冯文淑的活动就借用了我这个经验。

---

① 指1937年10月17日出版的《烽火》第七期，巴老以"同人"名义发表的《纪念鲁迅先生》。

寄的书大概都收到了，可能有重复的①，就让它去吧。
祝

好！

巴金　十一月一日

---

① 承巴老赐赠他新印的各种书，并签了名。个别书确有重复的。

13. "创办一所'现代文学资料馆',
您感兴趣吗?"

(1980年11月15日)

801115
德明同志:

信早收到。

关于《呐喊》《烽火》的事,我上次信中已经讲过了。

题签的事不敢应命。我本来就写不好字,不懂书法。近年来身体不好,写字困难,写封短信也很吃力,实在无法题签,请原谅。

创办一所"现代文学资料馆",您感兴趣吗?

祝

好!

巴金 十五日

收　穫

绍明同志：

　　信早收到。关于丁玲、姚雪垠的事我上次信中已经讲过了。

　　题签的事不敢从命。我本来就写不好字，不懂书法，近来身体不好，写字困难，方另托他人写吧。实在无法题签，请原谅。

　　创办一所"现代文学资料馆"，你感兴趣吗？

　　　此

敬礼！

　　　　　　　　　　　　巴金 十三日

14. "我们目前就需要创办一个这样的中国现代文学资料馆。"

(1980年11月25日)

801125

德明同志:

信收到。我体力仍差,写字还感到吃力,短文①写不了。还是您来写吧。我记得去年吴学文在上海《文汇报》上发表过一篇文章,介绍日本的近代文学资料馆,很好,可以参考。我们目前就需要创办一个这样的中国现代文学资料馆。我认为由作协来办最好,房子向政府要,资料由大家捐献,经费也可以由作家和文学出版社捐赠,过一两年便可以自足自给。我愿意为它的创办出点力,而且相信肯出力的人一定不少。您觉得怎样?

祝

好!

巴金 十一月二十五

---

① 关于创办中国现代文学资料馆的倡议,我当然同意,想请巴老就此专门写一篇短文发表。巴老让我来写,我不同意。但我表示将尽力敲边鼓,为此出力。

收 获

德明同志：

信收到。身体好些了，字还感到吃力，长读文章不行，还是住在家里吧。我记得好多年前在上海文化俱乐部上听袁鹰讲过一个有关建立现代文学资料馆，我们目前或者应当先创办一个全国规模文学资料馆。我认为由作协来办最好，写信给胡乔木，材料、资料由大家捐献，经费也由作协和文学出版社筹措吧，过一两年便可以自立。我极赞成你的创办主动，而难相信能力助的人一定不少。你觉得怎样？

祝

好！

巴金 十月廿五日

15. "《序跋集》的设想是可行的。"

(1981年1月9日)

810109

德明同志:

信早收到,时间不多,写字吃力,因此未能早写回信。

首先要更正一个错误:《梦之谷》是在靳以一人编辑的《文丛》第一期上开始连载的。是《文丛》,不是《文季月刊》,萧乾记错了。

我在十二月写完《创作回忆录》,身体搞垮了。新作写不出,旧的都给了别人。《序跋集》的设法(想)是可行的[①]。但估计编起来可能有七、八、九万字,而且收集起来也费时,因此还不能决定。

[①] 广东花城出版社的苏晨同志来京约稿,想出版一套老作家的散文丛书,让我代他联系叶圣陶、茅盾、老舍、巴金的作品,并由我主编。我婉辞主编的名义,也拒受任何报酬,答应负责联系。我替巴老考虑,建议他编一本散见各处的"序跋集"。后来这四本书先后编入"花城文库"得以出版。

我在回忆录第十一篇①（已给了天津日报文艺增刊）的最后一段中讲了"现代文学馆"的事情，我建议中国作协负起责任来建立这个馆。您看怎样？

祝

好！

巴金　一月九日

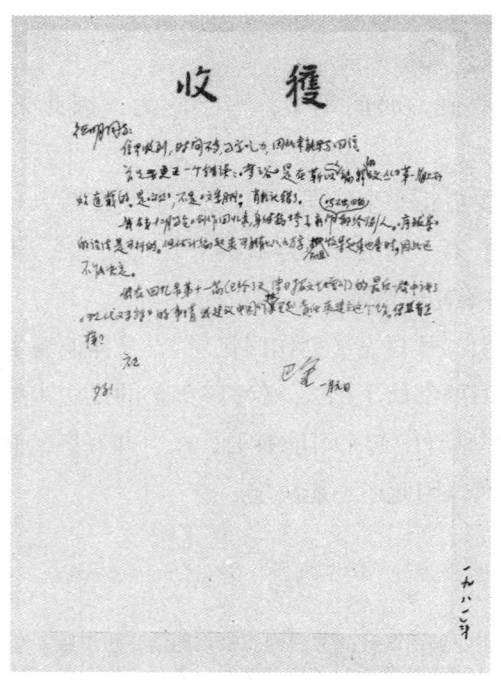

---

① 指载于1981年3月天津日报《文艺增刊》第一期的《关于〈寒夜〉》。

16. "文学资料馆的事还需要大力鼓吹"

(1981年1月25日)

810125

德明同志：

信收到。苏晨同志也有信来。序跋集就决定下来了。我打算：1.按年代编排；2.在文学作品范围内。我自己作品的序跋比较好找，为别人的书写的后记，就要找你们帮忙了。如为冰心选集①写的后记。还有为曹禺《蜕变》渝版写的后记，我自己也没有底稿。

文学资料馆的事还需要大力鼓吹，我给罗荪写信也提到了。我建议中国作协负起责任来，钱和资料大家捐献吧。

祝

好！

巴金 一月二十五日

---

① 指1943年7月重庆开明书店出版的《冰心著作集》，共三集，分别为诗集、小说集、散文集。我恰好存有这套书，当即抄录了巴金写的后记，包括另外一篇他写的后记，一并寄奉巴老。

收 获

孙晓芬同志：

信收到。并另附来也有信夹。序跋集我决定不印了。我打算把年代编号排排，在创作作品集里面，省得你写四序弄批较吃力。分别人写的序记就要找你们帮忙了，四卷心笔写的序记，还有为曹禺写好没交稿以寄的序记，我现在也没有存底。

关于资料馆的事还需要大力鼓吹，听你罗荪的信也提到了。否则说中国作协要起变化来，我此资料大家有赃吧。

祝好！

巴金 一月廿八日

17. "目前就是写字吃力……"

（1981年2月12日）

810212
德明同志：

两篇后记都收到，很感谢。我还希望您再替我找一些这一类的序跋。文集里有的我可以找人代抄。目前就是写字吃力，否则编这本书并不费事。

我已去信给罗荪、曹禺谈文学资料馆的事。

祝

好！

巴金　二月十二日

收获

德娟同志：

两篇后记都收到，很感谢。我还希望您选用那种旧体找一些这一类的序跋。文华早有的我不必找人代寻抄。目前我是多事少力，否则编也本书并不难事。

我已去信告罗荪谈编文学资料馆的事。

礼

巴金 二月二日

18."我可以捐赠一部分书刊、资料和开办费。"

(1981年3月13日)

810313

德明同志：

两封信都收到，谢谢。

读到《人民日报》八版①，很高兴。这样发表出来，引起注意，再加上几篇响应文章②，就好了。我可以捐赠一部分书刊、资料和开办费。馆由作协管理，成立一个委员会，请政府分配一所房子。茅公对罗荪说，他愿捐出全部手稿。办这个馆对建设社会主义精神文明也会有贡献。

序跋集的编辑工作正在进行。我侄女替我抄录大部分序跋。我的译著我本来搜集比较完全，但十年浩劫损

---

① 1981年3月12日《人民日报》副刊发表了巴金的《创作回忆录·后记》，里面提出关于建议成立现代文学馆的倡议。同时我在"编者附记"里又特别摘引了巴金《关于〈寒夜〉》中最后一段谈建立文学馆的事，希望借此能引起各方的关注。

② 稍后，我先后约了臧克家、曹禺、唐弢、罗荪诸同志写了响应建立中国现代文学馆的文章，分别在《人民日报》副刊上发表。巴老遂即捐献了15万元开办费，陆续献出了大量书刊和原稿。

失不少。西班牙画集①四小册，只剩下一册了。

《何为》②及翻译小文库各书前言后记能代我复制，好极了！谢谢。

匆复。祝

好！

巴金

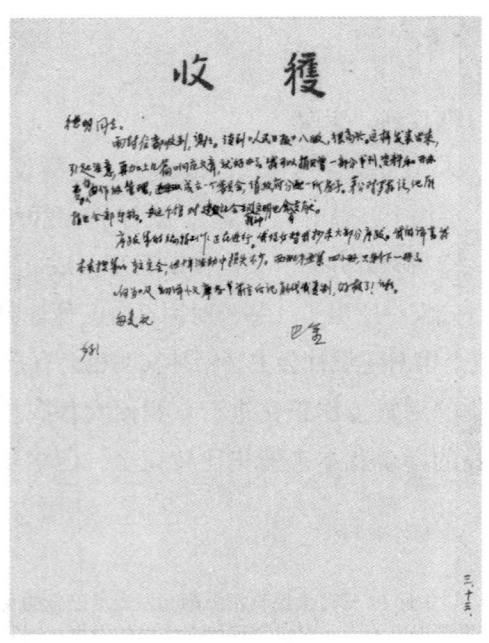

---

① 巴金主编的"新艺术丛刊"画集，包括《西班牙的血》《西班牙的黎明》等。

② 《何为》的译者是罗淑，由巴金编辑整理。我复制的是1950年2月巴金为新版《何为》写的后记。

19. "关于茅公,我有许多话可写……"

(1981年3月30日)

810330

德明同志:

信收到。复制的《何为》后记也收到了,谢谢。我身体仍然不行,最恼火的是写字困难,因此工作进行得很慢。我侄女在替我抄录各种序跋。我自己有时也抄抄补补。我看,要把我写过的全部序跋都搜集起来,困难很多,那么就把我找得到的编起来再说吧。

加急电收到[①]。文章勉强写出一篇,给吴泰昌了,他在这里,一日还要和我同去杭州,我太累了,需要休息。文章是为潘际坰[②]写的,不一定全是"大路货",给《日报》,不一定恰当,怕给你们找麻烦,请原谅。关于茅公,我有许多话可写,但写出来有人看了会不高兴,还是少说为妙。杭州之后,我可能去北京住三四天,不过

---

① 茅盾同志病逝,我们拍电报给巴老,拟请他写一篇悼念文章。

② 潘际坰,当时香港《大公报》"大公园"副刊的主编。巴老的《随想录》由他负责编辑。

要看我身体怎样了。

　　祝

好！

　　　　　　　　　　　　　　　巴金　三十日

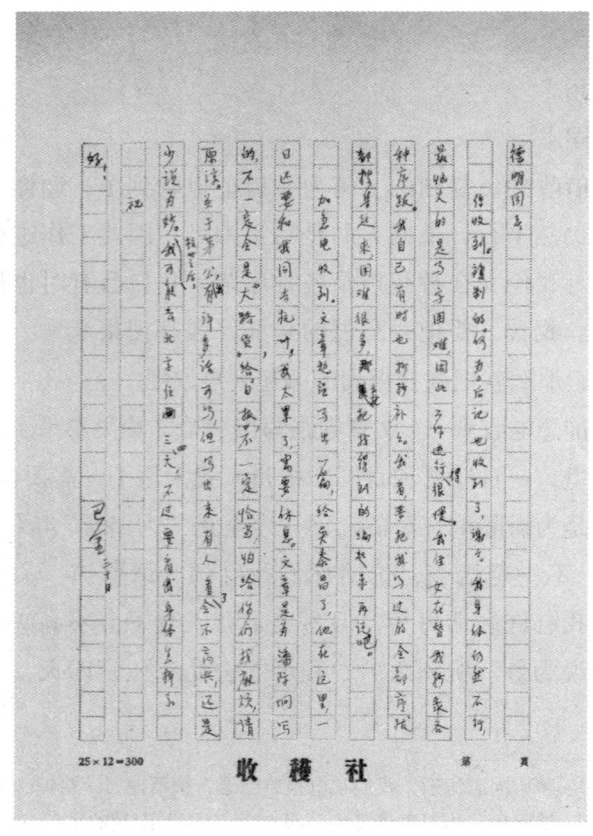

20. "《序跋集》总算交了卷……"

(1981年8月31日)

810831

德明同志:

信都收到。我去莫干山住了八天。写字仍感吃力,故久未写信。写短文介绍新版全集①,我已告诉王仰晨,目前有困难,我身体不好,精神差,对鲁迅先生著作未认真阅读无发言权,不敢放肆。请原谅。

今天上午苏晨来看我,他就要回广州,《序跋集》总算交了卷。编辑中我吃了不少苦头,但完成了一件工作,这是为酬答您的友情而做的。

余后谈。祝

好!

巴金 八月三十一日

---

① 指人民文学出版社新版的16卷本《鲁迅全集》。王仰晨同志是长期负责鲁迅全集编辑工作的人民文学出版社老编辑。巴老在《序跋集》序言里,又以热情的语言提到我这个"长住北京的朋友",使我感到非常惭愧。我做了什么事呢,竟值得老人如此厚待。

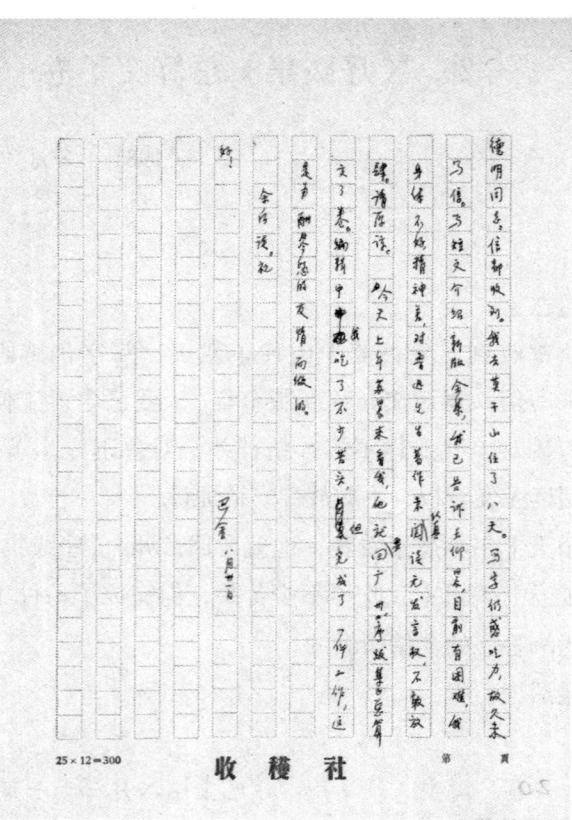

21. 关于文化生活出版社的商标

(1981年10月29日)

811029

德明同志:

来信收到。文生社的商标是吴朗西选定的,借用了罗丹的雕塑,那个人在拔脚上的荆刺。平明出版社是我的兄弟李采臣创办的,商标是他找钱君匋设计的。

寄上"回忆录"①三册,其中二册请转交景凡、袁鹰二位。

祝

好!

巴金 二十九日

---

① 《创作回忆录》,香港三联书店1981年9月出版。

楼明同志：

来信及刊文里边商标是姜德明送的，信开了一个并附题。

望每个人在挨肿上的判刻，并明定做出是有的之事未更新。

我因商标是他我钱，只能设计他。

祝

　　好

　　　　　巴金 十一月

注：匕的几本三册是中二在情所交生气表寄了他。

22. 关于发表《答井上靖先生》的事

(1982年9月12日)

820912

德明同志:

信收到。近来身体不好,写字困难,没有兴致谈搜书、读书的甘苦,一切得拖到明年了。

兹有一事拜托,作协林绍纲同志今晨来电话,说《人民日报》将提前于十九日发表我《答井上靖先生》的文章,我认为提前发表的做法不好①。请转告袁鹰同志或国际版编辑同志:我的文章是为《读卖新闻》写的,是日中文协的特约稿,因此不能先在国内发表。《读卖》将在九月二十一日刊出我的文章,那么请《人民日报》不要在二十一日前刊载它,免得搞坏我们同日中文协的关系。如二十日后没有版面,我的文章不发表也好。这件

---

① 报社尊重巴老的意见,没有提前发表那篇文章。我也及时给巴老回了信。

事务请注意。盼回信。
　　祝
好！

　　　　　　　　　　巴金　九月十二日

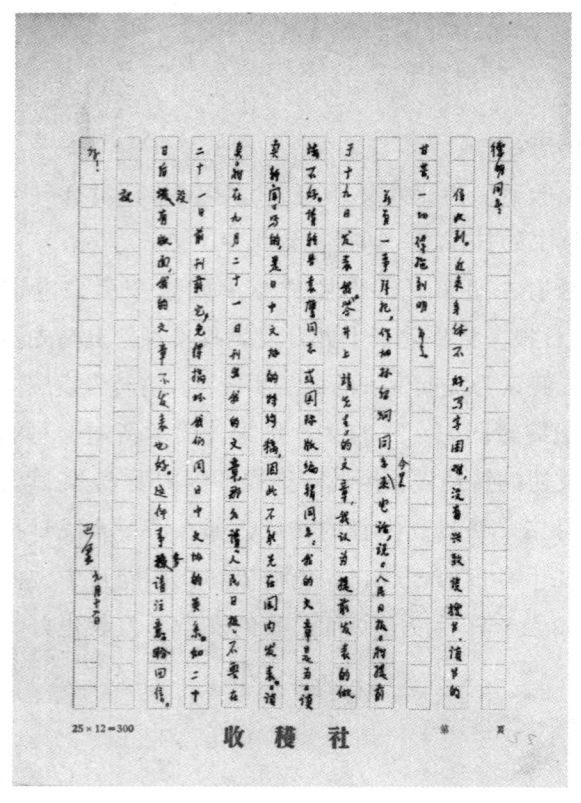

23. 关于选载《随想录》的事

(1983年9月8日)

830908
德明兄：

信悉。

文章请您选定，我无意见。

写字困难，请谅。

祝

好！

巴金　八日

浙江文艺

德明兄：

信悉。文章请奥你选定，我无意见。字字困难，请谅。

祗

好！

巴金 八日

24. 关于选载巴金书简的事

(1984年8月2日)

840802

德明同志：

信收到。我写字困难，不便多写，请谅。

致景凡信发表与否我无意见，能删去五个字[①]。谢谢。

祝

好！

芾甘　八月二日

[①] 我在编"万叶散文丛刊"第三辑《霞》时（1986年9月人民日报出版社出版），拟发表1946年、1947年巴金写给夏景凡同志的两封信，征求巴老的意见，并建议删去涉及某人的五个字。

杭州文艺

德明同志：

信收到。我了手困难，不便多写，请谅。

致吴民信发表与否我无意见，听从裁夺。

即好！

茅盾

25. "这封信也是我的心里话啊!"

(1986年3月19日)

860319

德明同志:

你们要发表《答卫××》[1],我当然同意。这封信也是我的心里话啊!

祝

好!

巴金 三月十九日

---

[1] 收入《随想录·无题集》中。

绍铭同志：

你们要发表《答玉君》，我当然同意。这封信也算我的一个证明。

祝

好！

巴金 三月七日

26. 关于选编《随想录》选集的事

(1986年7月9日)

860709

德明同志：

信收到。我身体不好，整天坐立不安。不做事不行，但稍稍活动一阵就疲劳不堪。你要我办的事很简单[①]，可我连办这点事的精力也没有，小林、国烁都忙于《收获》，幸好有文学馆的魏帆帮忙。剪报不齐，不知放在哪个书堆里，反正你找起来容易，有线索了。外寄上我拟的广告四则[②]，"文学丛刊"的广告也是我写的，你那里有。我就不复印了。

巴金　七月九日

[①] 此刻我已奉调离开从事30年的文艺副刊编辑工作，改任报社出版社的领导职务。我请巴老为我们出版社的"百家丛书"提供一本书稿，这就是后来由我编辑出版的《十年一梦》。1986年11月人民日报出版社出版。

[②] 为了向读者介绍本社书刊，人民日报出版社编有《书讯》报，我请巴老公开了他当年为文化生活出版社所写的书刊广告。除"文学丛刊"广告外，还有《柔蜜欧与幽丽叶》《悬崖》《快乐王子集》《安娜·卡列尼娜》《六人》等译文集的广告。

收获

续曾同志：信收到。我身体不好，碰文重立不交。不做事不行，但销一活动一阵就疲劳不堪。作家协会的事很简单，但我这半年多的精力也没有小说。国境新比于二收获。幸好有文学馆的魏绍那忙。曹禺不行，不私就在哪个学堆里，反正作找起来容易有线索了。杂志上找独的广告四则，文字刊小切方多也是我写的，但那里有。我花不复印了。

好！

巴金 十月九日

27. "集子的名字就依你用《十年一梦》吧。"

(1986年7月27日)

860727

德明同志：

两信都收到。集子的名字就依你用《十年一梦》吧。前言后记之类我不写了，实在疲劳。你写几百千把字吧。

第五集已经编成，书名《无题集》。我自己解释道："三十篇'随想'篇篇有题目，收在一起我却称它们为'无题'，其实也并无深意，只是借用这个名称说明：绝非照题作文，我常常写好文章才加上题目，它们不过是文章的注解。"

祝

好！

巴金 七月二十七日

收获

绍明同志：

两信都收到。集子的名字就依你用《十年一梦》吧。前言已托冰夷转给你了，关于版费给了九百千把块也。

书正文已经编(倒)数，共有元题(目)十二篇。我自己解释道：三十篇随想录的有题目发表一定就新鲜，它们并无题，其实也并无浮意，通信用这个名称证明：绝非文题。只是作文我写不出好文章才加上题目，它们不过是文章的注解。

好！

夜

巴金 箴

28. "我的文章通过您能够同广大读者见面,我应当感谢您。"

(1986年8月2日)

860802

德明同志:

信悉。"编后记"我也拜读了。不想说什么,遵嘱退还原稿,请查收。

我的文章通过您能够同广大读者见面,我应当感谢您。

祝
好!

巴金 二日

收获

穆朗同志：

信悉。编后记我也抄，误了不想说什么，通信稿退还石稿，请查收。

我的文章通知志及郭同志读者

见面我再亲笔致歉。

敬礼

巴金 上

29. "《十年一梦》稿费请代捐文学馆"

(1987年2月25日)

870225

德明同志:

信收到。

《六十年文选》[①]已交济生[②]寄上,希望能早日到你的手里。这书寄迟了些,我身体坏,记忆力衰退,一天办不了多少事。

转载以前写的书刊广告,我不会不同意。

《十年一梦》稿费请代捐赠文学馆,麻烦你了,谢谢。文学馆的建立你也出了力。你一定高兴看见它发展。

祝

好!

巴金 二月二十五日

[①] 《巴金六十年文选》,1986年12月上海文艺出版社出版。内容包括随想录、杂感、散文、序跋、演讲、书信等。

[②] 李济生,巴金的弟弟。1942年参加文化生活出版社后即致力于出版、编辑工作。后任上海文艺出版社编审。译有托尔斯泰的小说集《一个地主的早晨》及苏联小说《巴库油田》等。

继贤同志：

信收到。二十年又过，已支撑等上，希望报早日到你的手里。这两年过了，写点东西休息一下，记忆力衰退，一天也不了多少事。

新书收到几本，印得不会不同意。

"千年一等"是过誉之词，将立字馆，被你写了，你立字馆也进，你也出了力，每一定高兴则立发展。

祝
健。

巴金 二月十日

30. "打算下月初回成都看看,不是'游山玩水',不过是向故乡告别……"

(1987年9月17日)

870917

德明同志:

信都收到,没有写回信,只是因为身体不好,杂事多,想拿笔,又感到力不足。打算下月初回成都看看,不是"游山玩水",不过是向故乡告别,住一两个星期,今年不去,以后更难走动了。

董秀玉同志[①]一直无消息。我以前写的广告可能找到一点,未收入集子的译文却找不到了。

《十年一梦》倘使未售尽,我还想买十册。购书费,得到寄书通知后即汇上。请费神代办。

  祝
好!

        巴金 九月十七日

---

① 董秀玉,三联书店负责人。当时正准备在香港出版巴金的译文集。

靖蓉同志：

信都收到，没有了回信，只是因为身体不好，事情多，拿不起笔，又等到不见打算下月初回成都看，是不是肺以后更难走动了。

蕴真去国去一直无消息，以前寄的宁岜可能拍到一张，未收入集子的，谭文部我不到了。

千年一号，倘使未等寄，请迟寄买十册寄老章，请按下列地址邮汇去。

请寄挂状元

好！

社

巴金 4月十七日

(信衣下星期)

31. "我的译文也不见得高明,可能是借别人的酒杯盛自己的酒。"

（1987年11月19日）

871119

德明同志：

信都收到。从四川回来,身体不好,仿佛精疲力竭,只想睡下,却又得不到休息。仍然摆脱不掉一些无谓的干扰。因此无法早写回信,请原谅。

关于广告和译文集的事现在讲不出什么,下个月再考虑吧。《开明》[①]是书店宣传的小刊物,索非编辑,有时缺稿,我便写或译千把字给他,这些文章是好是坏,我一点印象也没有,总得找来看看,才可以决定要不要收进集子里去。我的译文也不见得高明,可能是借别人的酒杯盛自己的酒。

别的话下次说。如方便,请代我找两本幽州书屋新

---

① 《开明》,1928年开始出版的小型刊物,主要介绍和批评开明书店的出版物,作家索非编辑。由于年代久远,保存不易,我所收藏的《开明》残缺不全,加上唐弢同志的所藏仍然不全,终于不能进行辑佚工作。

出的《老舍之死》①（舒乙编辑），这书说是八月出版，不知究竟出了没有？

祝

好！

巴金　十九日

---

① 巴金一生爱书，他急于要找这本书看，也表现了他对老舍先生的深厚感情。

32. "谁也想不到,我买进自己写的书,一本一本地寄赠外地的朋友,会多么困难,多么吃力!"

(1988 年 1 月 16 日)

880116

德明同志:

您寄来的书都收到了。舒乙也把《老舍之死》寄来了。好些天没有给您写信,只是因为我身体不好,本来嘛,我是老病人,没有精力应付一些杂事,偏偏有人来找我做不愿做的事情。

我的译文集现在编不出来,可出的十本小书都交给董秀玉了。不过倘使过些时候我的健康情况有好转,一年内我还可以搞出一本小书,我手边已有十篇长短文章。

前天寄上一本随想录的合订本[①],希望它早日送到您

[①] 指北京三联书店出版的《随想录》合订本。1988 年 10 月,我在上海见到巴老时,他又面赠香港三联书店版的《随想录》合订本。多年来巴老寄赠外地朋友的书,都是他自己包扎投邮。每当我接到邮包,见到他亲笔书写的封面,解开包书线绳的时候,我全身会感到一股暖流。然而这对一位体弱多病的老人来说,究竟过于吃力了。

面前。收到和寄出这样一本书,不是容易的事。我真是费了九牛二虎之力。

别的下次谈吧。谁也想不到,我买进自己写的书,一本一本地寄赠外地的朋友,会多么困难,多么吃力!

祝

好!

巴金 一月十六日

33. "我在和热浪搏斗,日子过得有意思。"

(1988 年 7 月 22 日)

880722

德明同志:

十六日信悉。我在和热浪搏斗,日子过得有意思。魏帆在这里给我帮点忙。我写好信,她寄发。

您编《散文世界》,要我的旧信。巧得很,沈家小虎找到我四十年代写给沈从文的三封信,给我寄了来,现在复印一份寄给您①。我不写附记了,我只讲一句真话:读这三封信我仿佛站在从文面前同他长谈。

　祝

好!

芾甘　二十二日

---

① 载于 1988 年 10 月号《散文世界》。我是该刊执行编委之一,每半年执编一期。

徳明同志：

十六日信悉。我本想这读博士了这得有意思。赶快来这里给我来信。
你有了好消息如早发。

您编《鲁迅全世界》丰硕的旧信必智慧，
很沉实，小庞把我四十年代写给他又
的三封信给我看了，来说七八十一分
寻答复。我忘了，对记了我只讲一句真
话。讲这三封信我你保留在文面去，
问他长谈。
　祝
　　好
　　　　　　　巴金廿二日

34. "我在上海几年脚不出户,能告诉我一点信息,或让我看到两本好书,您算是行了善。"

(1988年8月1日)

880801

德明同志:

托魏帆寄上四十年代致从文信三件想已收到。如发表它们,请改正下面的错字:

四二年、四月十六、第三页、三行、一个再平常没有的事改为一件再……

我身体仍不好,但还可以熬它两三年。您讲的两本书[①]请寄来看看吧。我在上海几年脚不出户,能告诉我一点信息,或让我看到两本好书,您算是行了善。谢谢您。

见到袁鹰同志,请代我谢谢他替我"整理"那篇纪

[①] 指山西书海出版社出版的"国外编辑出版丛书"中的《书的故事》和《出版人的故事》。记得1963年叶冬心译的俄国出版家绥青的回忆录《为书籍的一生》出版以后,我曾经向巴老推荐,他非常高兴。这本《书的故事》,是一位俄国藏书家写的书话,估计巴老会有兴趣,因写信相告。《出版人的故事》则是写美国百年老店克里纳书店的惨淡经营及老板与作家们的友谊。

念丰先生的文章①,那个时候我受到热浪袭击,什么事也做不了。

祝

好!

巴金 八月一日

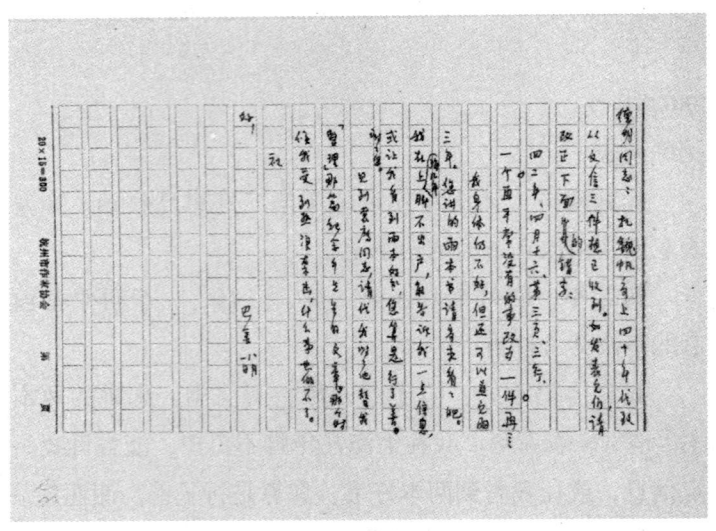

---

① 指载于1988年11月华夏出版社出版的《丰子恺遗作》中的《怀念丰先生》一文。原作写于1981年5月,收入本书时,因篇幅关系,袁鹰同志应编者夏景凡之请做了一点删节。

35. "……我去了一趟杭州,十八天,呼吸了新鲜空气……"

(1990年11月12日)

901112

德明同志:

《孔子》^① 早收到了,谢谢。

没有回信,只是由于病的干扰。这之间我去了一趟杭州,十八天,呼吸了新鲜空气,饭量大增,睡眠也好些。可惜体力、精力不增加,不能工作,也不便活动。更可怕的是记忆力衰退。当初托褚钰泉^②代购《孔子》,因为听说作者十月下旬要来看我。几年前我在东京同井上对谈,曾说他的小说出版,我要认真地拜读。我不愿失信,所以着急起来。明明记得有一本《孔子》(不是您

---

① 《孔子》,日本作家井上靖著。中译本于1990年4月由人民日报出版社出版。井上靖专门为这个译本写了《致中国读者》。书出之后,我立即寄给巴老一册。他到杭州以前一时找不到该书,又托人来电寻找,我马上又寄奉一册。这种琐事一时记忆不清,对于一位老年人来说并不奇怪,巴老却如此认真,让我原谅他的健忘。须知他现在每写一个字都要付出极大的精力,多寄给他一本书算得了什么。

② 褚钰泉,上海《文汇读书周报》负责人。

就是佐藤纯①寄给我的），不知放在什么地方，却到处找不到，只好请钰泉帮忙。收到您寄的书，我带到杭州读了一遍，回到上海就听说井上取消了这次旅行②，接着又意外地发现了另一本《孔子》，连忙写信向您表示谢意。请原谅我的健忘。

祝

好！

巴金　十一月十二日

托袁鹰同志带一本（书）③给您，不久当能收到。

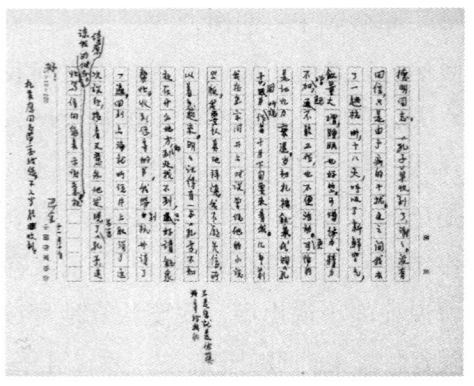

---

① 佐藤纯子，日本中国文化交流协会事务局局长。

② 井上靖先生这次计划率团来访的规模不小，他对《孔子》在中国的及时出版很高兴，还签名赠我一册日文版的《孔子》。我们也准备在北京接待他。出发前他的身体临时不适，决定改期访华。没有想到从此一病不起，不幸逝世。

③ 这本书是《随想录》的特装本，共印150册。我这一册的编号是98，扉页题款的时间是1990年11月1日。

36. "托尔斯泰晚年的痛苦我现在了解了。"

(1991年4月12日)

910412

德明同志:

寄来的书①和信都收到,谢谢。

我近两个月自我感觉并不良好,一动就疲乏不堪,只好坐在椅子上闭目养神。想写信、写文章,都没有时间和精神,因为杂事不少。我最不高兴的是被人当作"名人",仿佛很了不起,其实空无所有。好像很受人尊敬,其实谁也不了解你。托尔斯泰晚年的痛苦我现在了解了。当然我要争取多活,活下去,还可写本小书,更深一点解剖自己。

祝

好!

巴金 四月十二日

---

① 自从我主持出版社的工作以后,每有新书问世,总挑选一些可读的寄给巴老。记得这一次寄去的有《台静农散文选》(陈子善编)、《名人书信故事》([美]林肯·马·舒斯特编撰,叶冬心译)。

文学馆的事① 还要靠您大力支持。

又及

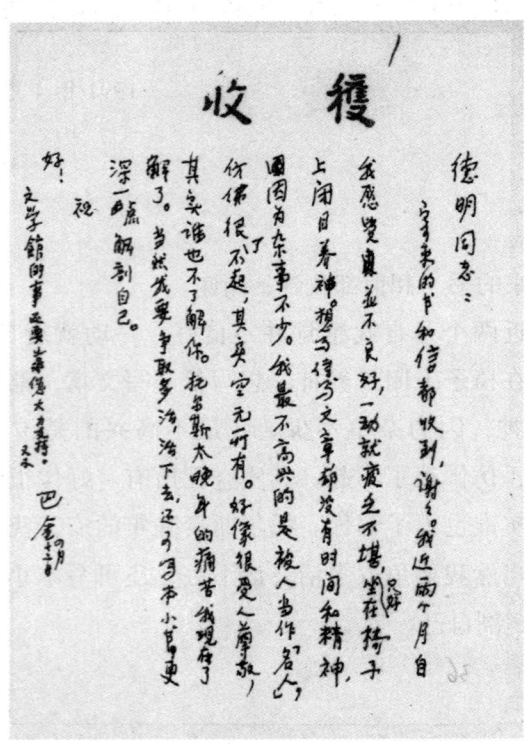

---

① 这是近年巴老最关心的一件工作，也许很少人知道他为此而付出了多少心力。但愿中国现代文学馆的事业在各方面的支持下能有所发展。

37. "我并不悲观,现在在料理应当做好的一件一件事情。"

(1992 年 3 月 14 日)

920314

德明同志:

您回京后寄来的几封信①都收到,没有回信,不单是写字困难,主要的是我一天有气无力,不能工作,今年又患过感冒,这样什么事都做不了,文章一篇也未写,至多在全集上花了点力气罢了。向您说明这情形,希望您了解我,并给我帮忙。求您帮忙的是代我给文学馆杨犁、刘麟、舒乙三位各打个电话说我已收到他们的信,以后病情好转我会写信,请他们原谅。

对您我想说的话很多,但没有精力写出来。我先提出

---

① 我早就当面跟巴老说了,我给他写信,请他不必回信。平时我写信也不算多。但,有些受托的事情,总要向他报告一声,比如唐弢同志病逝后,我去看了沈絮云大姐,并谈及唐弢的藏书归属问题,这是巴老关心的一件事。是萧乾在上海与巴老商量好,让我去谈的。还有,巴老寄赠我浙江文艺出版社出版的精装本《巴金散文精编》等,我收到书后理应回信。有时我主动向巴老报告一点朋友们的近况和我访书的琐事,想让足不出户的老人能与外界保持联系。

一件事：我的书您还缺什么[①]？我希望一两年内能为您的藏书尽一点力，给您的收藏补充一些什么。我的时间不多了。

唐弢同志逝世我很难过，超构同志逝世，我一样难过，还有汝龙同志也早走了。我想写文章，动不了笔，我又想到罗荪同志，太痛苦了！您见到他没有？我并不悲观，现在在料理应当做好的一件一件事情。

祝

好！

巴金 三月十四日

[①] 巴老关心和帮助一个爱书人的精神，实在令人感动。我怎么会自私到这种程度，竟忍心为此而去打扰他。事前事后我都没有向巴老提出过要求。巴老所以提出这件事，可能由于我在一封信中，提及春节前，我在北京的旧书店偶然买到几本旧书，有鲁迅先生编的《戈里基文录》，初版毛边本。还有一本解放初期平明出版社出版的高尔基著《回忆契诃夫》。后者是巴金译的。巴老的一片美意，我永远记着，但不想耗费他的精力。

德明同志：

信回家后拿来你的挂封信，都收到。没有回信不单是写字困难，主要的是我一天有点无力，不能工作，今年又患过感冒，什么事都做不了，文章不多也未写，要在全集上花了点力气罢了。向您说明这情形，希望您了解我益发忙，越来越累事的是我给文学馆杨苓刘麟舒乙三位各打个电话，说笔已收到他们的信，以后病情好转，给写回信。请他们原谅。

对您我想说的话很多，但没有精力写出来。我先提出7件事，我的近信还缺什么文章，我希望一两年内解决的。还望您尽点力，给您的收藏补遗一些什么。

唐弢同志逝世，我很难过，超构同志逝世，我一样难过。汝龙同志也早走了。我想写文章，功不了笔，我又想到罗荪同志太难了，您见到他没有，我差不多现现在在料理应当做好的一件件事情。

我的时间不多了。

非现视
好！

巴金 11·6·1的晨

后　记

没有想到我去看望巴金先生，与他闲谈，有一天还能整理出一本小书来。

如果早存此念，当时的交谈一定会让我感到非常不自然，而巴老又当如何呢？

凡是接触过巴老的人都知道，他的确不擅辞令，既没有豪言壮语，也不会夸大和炫耀，只有诚恳和朴实。每次访他归来，总觉得他那朴素的语言值得一记。积以时日，所存的零章渐多，从一个侧面亦可以见到巴金的日常生活和人格。当然，更多的时候是他应我所问，回答他早年有关编书印书的情况，其间又涉及一些作家的逸事，或可为研究巴金的人留下一点史料。

我很珍惜与巴老的晤谈，所记文字前后经历了近二十年，其中有不慎失记，或有意略而不记的，却不敢有无中生有的片言只字，自信没有辜负巴老对我的信任。限于南北相隔，我不可能经常向他求教。我不想更无法随心所欲地捏造出个巴金来。

至于巴老给我的几十封信,那当然是书面的交谈,更可以让人直接感受到他的正直和善良。他在信中带给我的友情,也绝不是我一个人应该独享的。

1991年4月12日,他在给我的信中说:"我最不高兴的是被人当作'名人',仿佛很了不起,其实空无所有。好像很受人尊敬,其实谁也不了解你。……"他的话恳挚可信,我们应该理解他。我以为每一位真诚的作家都会有各自的矛盾和寂寞,甚至痛苦。我还忘不了他几年前在信中跟我说:"对您我想说的话很多……我的时间不多了。……"当时读到这里,不由我心头一颤!巴老一天也离不开他的读者和朋友,我又何尝不想与他经常见面?我常有一些琐事要向他诉说,哪怕是讲一句笑话,能使他轻轻一笑我就很知足了。

我们都喜欢巴金,热爱巴金。

我们已经真正认识了巴金吗?

在我的面前,永远站立着一位坚强的老人!

1996年5月于北京

增订版附记

拙著《与巴金闲谈》初版于1999年1月,访问记止于1995年7月。1996年10月,我在杭州又见到了巴老,因写《又访西子》,当时不及收入书中,今补上。同时收入《走近巴金》等短文九篇,借以求教读者。巴老远去了,我们永远怀念他。

2009年12月北京